大地的风骨

DADI DE FENGGU

陈新 著

时代出版传媒股份有限公司
安徽文艺出版社

图书在版编目（ＣＩＰ）数据

大地的风骨 / 陈新著. -- 合肥：安徽文艺出版社，2025.3
ISBN 978-7-5396-8099-6

Ⅰ．①大… Ⅱ．①陈… Ⅲ．①散文集－中国－当代 Ⅳ．①I267

中国国家版本馆 CIP 数据核字(2024)第 100693 号

出 版 人：姚 巍
责任编辑：汪爱武　周　丽　　　　　　装帧设计：赵　梁

出版发行：安徽文艺出版社　　www.awpub.com
地　　址：合肥市翡翠路 1118 号　　邮政编码：230071
营 销 部：(0551)63533889
印　　制：安徽新华印刷股份有限公司　(0551)65859551

开本：880×1230　1/32　印张：9　字数：200 千字
版次：2025 年 3 月第 1 版
印次：2025 年 3 月第 1 次印刷
定价：45.00 元(精装)

（如发现印装质量问题，影响阅读，请与出版社联系调换）

版权所有，侵权必究

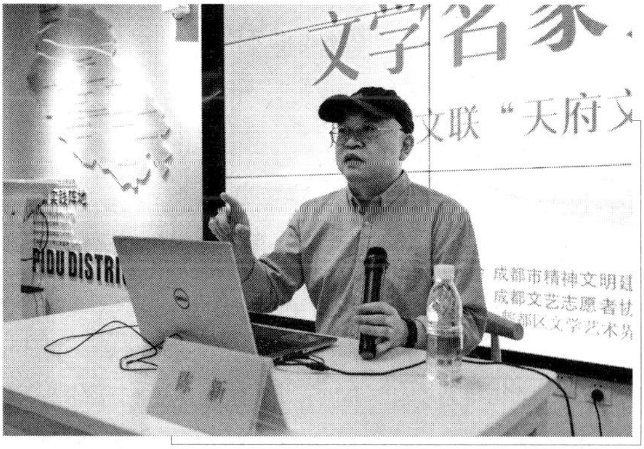
文学名家
文联“天府文
成都市精神文明建
成都文艺志愿者协
PIDU DISTRI
陈 新

陈新，中国作家协会会员，成都市作家协会副主席，成都文学院签约作家。在我国科技领域之"嫦娥"探月工程、"蛟龙"探海工程、国产大飞机C919研制工程方面，均书写有全国首部长篇报告文学。

曾出版及发表长篇小说《镜像》《由浅入深的寂寥》，长篇报告文学《月上》《蛟龙逐梦》《嫦娥揽月》《九寨祥云》《云上光辉》《一飞冲天》，散文集《爸，我爱你》《绵延的光芒》等。散文《江凡》曾入选北师大版全国小学《语文》课本。受中宣部之邀，参与创作展现我国文艺家取得辉煌成就的四集纪录片《召唤》，在央视播出。图书《月上》被中宣部推荐阅读，被央视《读书》栏目推介。曾获中华优秀出版物奖、北京文学奖、四川省"五个一工程"奖、四川文学奖等。

目录

大地的风骨 / 001

九寨沟仙籁 / 015

凝华仙境的春天 / 032

一棵古树的涅槃 / 044

与历史撞个满怀 / 059

远方的梦 / 074

爱怨大通 / 087

大瓦山情歌 / 099

清流如许 / 109

中都镇的花季 / 126

与荻港对饮 / 130

玉林街深景 / 146

阆苑仙境 / 167

美丽由心 / 188

高味如春 / 193

妙对成都 / 218

外婆的乐山 / 224

花事桃源 / 230

大雅眉山 / 240

在希望的田野上 / 252

锦城花满 / 260

大地的风骨

虽然物以稀为贵,但是有一天独坐静思的我突然感悟,我们身边有些司空见惯的极为平凡的东西,其价值可能被严重低估,可能比难得一见,甚至永远也见不着的高高在上的东西更伟大,比如泥土。泥土应该是平凡得不能再平凡的东西了,可我觉得泥土特别伟大。我们来自泥土,又归于泥土,还被泥土养育,泥土总是被我们漠视践踏,却表现得若无其事无怨无悔,泥土不伟大吗?

所以,我琢磨着,想在这方面写篇文章。

今天我想写的不是泥土,而是石头,我们脚下大地俯拾皆是的石头。又或者,我今天既写泥土,又写石头,更写大地,还有其他……

有这样的一砣淡灰色的石头,它不大,体积约等于一只成人之手圆满一握的鸭蛋,但它不是椭圆的,也不甚光洁,虽然身上刻满了风霜磨砺的疤痕,但依然有着自有的形貌。它中间高,两头低,像一只漫写人间恬淡时光,行走于红尘苍生间的素朴的馒头。

不,它又不像能悦人晨昏时辘辘饥肠的馒头,而像一辆代人行走,渡人到达目的地的三厢小轿车。

这段时间,我不时地会与一块穿云破雾跨越数千公里远道而来的石头对望——在逼仄的书房兼卧室二合一的空间里,在拥挤不堪的书堆与墨香丛中,在方寸之间的电脑面前。

我与之对望,思绪花开花落,漫卷云舒,瞬间地触碰,时光仿佛一眼千年。

准确地说,是我静静地欣赏它,静静地将神情倾注于它,感质之皓皓,仪之灼灼。

其实,石头是静的,虚明一性,寂然如眠。我也是静的,澄澈以瞻,思接万载。但是我的心是动的,苍茫浩荡,纵横驰骋。

我心中是波澜壮阔的世界,是白云飘浮的蓝天,是碧蓝澄净的海水,是穿梭往来的船舶,是幸福荡漾的笑脸,是一组又一组美好的镜头……

这块石头不是翡翠,不是和田玉,不是蓝田玉,不是独山玉,不是岫玉,也不是田黄玉……

它只是青冥之下湛蓝之侧的一块普通的石头。

但,它在我心中依然珍贵。

因为,即便是普通的石头,也是了不起的,资望甚高,其位甚尊,非芸芸众生堪比。

对道教来说,石头是大地的气节,也是天赋自然;对佛教来说,石头并非顽固不化、没心没肺的废物,石头亦可成为佛像;对儒教来说,石头则是我们的老师,因为它坚毅、不屈、执着、刚强,它既立于地,更顶着天。哪怕对凡人而言,石头也能起安神定心的作用,所谓"饥餐一粒伽陀药,心地调和倚石头"。

当然,它绝非普通。它与一个文化盛会有关,它或许与我有缘。

温柔的阳光下,一股股宜爽而潮湿的轻风在我身上吹拂,如春柳撩人;脚下是一坨坨从历史深处走来的石头,或大或小,都是那么深邃、内敛、沉静;极目远眺,则是一望无际连通世界的大海。

在海边,我遇到了它。

它看上去是那么普通,也许曾经还是被别人诟病的绊脚石,无以为惜的垫脚石,苍苍攘攘之尘寰物。但它不是一块纯粹的山上的被黑暗包裹或只见风雨彩虹的石头,它经历过白云苍狗的变迁,见证过祥和与屈辱,掠夺与屠杀,奋起与抗争,激越与沉寂。它是历史,是先辈,是修为旷达的逸士,是动静皆宜的尊者,是入定若禅默然自守的独行者……

这块石头所在的位置也不是普通的位置,它处于山与海的交汇之处,它静时坐守幸福,动时连通世界。它背依宁静的渤海,感殊庭之气,也激越汹涌的黄海,"磅礴立四极,穹隆放苍天"。它有坚硬的躯体,也有柔软的胸怀。它的位置连通着现实与梦想,它的故乡开创着今天和未来。

它存在的地方多好啊!金石滩!金州!

我喜欢这方天地,我喜欢它。它有金石之名,貌似高蹈追逐膜拜境界的殿堂,却又食人间烟火,行止于绮花与凡迹之间。

那天,我走过金石滩时,尤其感怀,随意地捡了一坨石头,放进我身上的电脑包里。

这块石头,就是它。

这是金秋九月,在大连海边流连时,我的一时意趣。

海,是生命的诞生地,美好的诞生地,情怀的诞生地,也是梦想的诞生地。身居内陆的我,捡一块海边的石头,努力与海亲近。

我喜欢胸怀宽广的海的气度,喜欢一色蔚蓝的风景,喜欢碧水柔沙的绵软,更喜欢"长风破浪会有时,直挂云帆济沧海"的气势。

在金石滩海岸岬角,我看到了那块久负盛名如金龟伏岸的奇石——龟背石。

龟是长寿的象征,而龟背石更比龟长寿数亿年。开始时,我以为龟背石是巨龟化石。到了现场,听了导游的讲解才知,龟背石其实是石,而非化石。形成这种岩石的地方,最初很可能是泥质的,有充足的水分;后来气候变得干旱,土地龟裂了,形成许多纵横交错的缝隙;当气候再次变得湿润时,这里重新被泥土覆盖,最后慢慢演化成了形似龟壳的石头。

也有观点认为,岩石在半塑性状态下由于地震作用,产生了垂直层面的裂隙,饱含水的泥沙流向裂隙,在时间的长河中慢慢形成有格纹的岩石。

这块成形于约 5.4 亿年前的石头确实很有特色。不过,我觉得金石滩的每块石头都非同一般,都很有特色,于是便在瞻仰过龟背石折返之时,在路边弯腰随意地捡了一坨石头,留作纪念。

说真的,我尊重每一坨石头情之所是,尤感神妙奇特。

石之为石,并非仅为一种大自然里的物质。在人类历史跌宕起伏的发展进程中,石头为灵物,或为图腾,被讴歌、被神化的故事很多,关于石头的神话传说可以信手拈来。

女娲补天所用之物便为石。

《淮南子·览冥训》载"往古之时,四极废,九州裂,天不兼覆,地不周载",因而"女娲炼五色石以补苍天,断鳌足以立四极,杀黑龙以济冀州,积芦灰以止淫水"。

《列子·汤问》中也有记载:"天地亦物也。物有不足,故昔者女娲氏炼五色石以补其阙;断鳌之足以立四极。其后共工氏与颛顼争为帝,怒而触不周之山,折天柱,绝地维,故天倾西北,日月辰星就焉;地不满东南,故百川水潦归焉。"

此传说也记载于《论衡·谈天篇》《史记·三皇本纪》等众多古籍之中。

妇孺皆知的精卫填海的故事,也与石头有关。

《山海经·北山经》曰:"炎帝之少女名曰女娃。女娃游于东海,溺而不返,故为精卫,常衔西山之木石,以堙于东海。"

我国古代四大名著之《红楼梦》的故事,因石而来,且与女娲有关,故又名《石头记》:"原来女娲氏炼石补天之时,于大荒山无稽崖练成高经十二丈,方经二十四丈顽石三万六千五百零一块。娲皇氏只用了三万六千五百块,单单剩了一块未用,便弃在此山青埂峰下。谁知此石自经锻炼之后,灵性已通,因见众石俱得补天,独自己无材不堪入选,遂自怨自叹,日夜悲号惭愧。"

后来的一天,一僧一道远远而来,坐于此石旁边高谈阔论,既说云山雾海神仙玄幻之事,也说红尘之中的荣华富贵与儿女情长。此石听了,动了凡心,也想要到人间去享受一番,便开口恳求:"二师仙形道体,定非凡品,必有补天济世之材,利物济人之德。如萌发一点慈心,携带弟子得入红尘,在那富贵场中,温柔乡里享受几年,自当永佩洪恩,万劫不忘也。"几多相求,于是二位高人便度化其为宝玉,投胎到人间,到了"昌明隆盛之邦,诗礼簪缨之族,花柳繁华地,温柔富贵乡"的石头城内荣国府中,成了一位衔玉而生的公子——贾宝玉。

贾宝玉为石所化,同为四大名著之一的《西游记》中,孙悟空则为石所生。

"那座山,正当顶上,有一块仙石……盖自开辟以来,每受天真地秀,日精月华,感之既久,遂有灵通之意。"

"内育仙胞,一日迸裂,产一石卵,似圆球样大。因见风,化作一个石猴,五官俱备,四肢皆全。便就学爬学走,拜了四方。"

相传,为石所生者,不仅有孙悟空,还有大禹,以及大禹的儿子启。

"大禹治水"的故事记载于《山海经·海内经》:"洪水滔天,鲧窃帝之息壤以堙洪水,不待帝命。帝令祝融杀鲧于羽郊。鲧复生禹,帝乃命禹卒布土以定九州。"

在这个故事中,鲧是禹的父亲,又是禹的母亲。

《遁甲开山图》记载:"古有大禹,女娲十九代孙,寿三百六十岁,入九嶷山,仙飞去。后三千六百岁,尧理天下,洪水既甚,人民垫溺。大禹念之,乃化生于石纽山泉。女狄暮汲水,得石子如珠,爱而吞之,有娠,十四月生子。及长,能知泉源,代父鲧陛洪水。尧知其功如古大禹知水源,乃赐号禹。"

《淮南子·修务训》记载:"禹生于石。"《太平御览》卷五十一引《随巢子》记载:"禹生于石昆石,启生于石。"

《淮南子》又记载了大禹的妻子涂山氏与儿子启:"禹治洪水,通辕辕山,化为熊。谓涂山氏曰:'欲饷,闻鼓声乃来。'禹跳石,误中鼓,涂山氏往,见禹方坐熊,惭而去。至嵩高山下,化为石,方生启。禹曰:'归我子!'石破北方而启生。"

涂山氏化为石头,启破石而出。孙悟空也是破石而出,二者很像。有人姑妄言之,孙悟空或许是大禹的儿子启,不然,被大禹治水之时,安放于天河底定江海浅深的定子神铁,怎么会在孙悟空索要兵器之时突然间"霞光滟滟,瑞气腾腾",并归属认主,听其使唤,变为可大可小、可长可短的如意金箍棒?

当然,传说毕竟只是传说,文学作品也是一种虚构与演绎,但这否认不了古人对石之崇敬及崇拜,还有敬畏。

……

我尊重石头,却没有玩石之嗜。非但如此,我捡石头的时候也屈指可数。

石头是个神奇的存在,你爱它,就会觉得它很美好,就会敬重它。

其实,石头就是一个历世事之变、见地老天荒的沉默的长者。它还自带着神秘的能量,凝聚着时间的积淀,只是我们凡胎肉眼看不见。

记忆中,我在北京大学博雅塔下捡过石头,在巍巍青城山中捡过石头。而在大连市金石滩风景区捡石头,是第三次。

北京大学在中国高校排名中名列前茅,博雅塔下的石头,虽看似普通,非"心为学府,辞同锦肆",实则应有文化气息。它们就算是一坨坨普通的石头,但自从大地的精灵、人海的智慧在此风云聚集之后,它们年复一年被琅琅的书声熏染浸润,被朝气蓬勃的青春激励,感之日久,也一定会带上灵气的。

有意思的是,那一年暑假,我的一位重庆友人,为了让儿子感受北京大学的校园气氛,特地带着即将高三的儿子去见了"一塔湖图"。在未名湖畔,因感动和钦羡,他儿子也情不自禁地在博雅塔下捡了一块石头带回家。此后,这块石头像文具一样陪伴着他儿子高三苦读,并最终助其考进了该校。

你不信是吧?但这是真的,相同的故事我已闻之二三。

在这之前,我游青城山,置身青树翠蔓之间,俯仰环峙诸峰,徒步云雾丹梯,欣然幽洁润心之时,也是突然兴起,在崖壁之上,捡了一坨石头回家。

青城山的石头有什么特点呢?

它也是一坨普通的石头,普通的鹅卵石。但它确实又不普通,因为鹅卵石通常存在于湖海江河之中,或者各种滩涂之上,这块石头却存在于山上。

是它自己跑上山的,还是谁带上山的?

是我们未能亲见的神秘力量!

因为若干万年前,四川还是一片汪洋大海,只是后来地形变迁,沧海成了桑田,原本的海底渐渐隆起,成了山地。因而青城山上便遍布光滑的鹅卵石。

青城山是道教圣地。道教认为"道"是化生万物的本原。在中华传统文化中,道教与儒学和佛教一样,占据着理论学说的主导地位。除此以外,道教还有与实践有关的练仙方法。

据说是汉留侯张良八世孙的张道陵,从小研读老子的《道德经》以及天文、地理等书籍,博通《诗》《书》《礼》《易》《春秋》,后在青城山降妖除魔,创立道教,并传说于东汉永寿二年(156)修道成仙于青城山的。

从此,青城山便被赋予了神秘色彩。一草一木、一土一石亦如斯。

有这样的一块石头置于案前,哪怕偶尔瞄上一眼,有意或者无意,我也觉得能享群峰环绕起伏、林木葱茏叠翠之幽。心境如此,岂不快哉?纵使"物换星移几度秋",我自"闲云潭影日悠悠"。

也许你会问,一坨石头而已,有这么大的作用?

这貌似有点迷信,但我们可以换一个角度看看。

石头坚硬,是坚强的象征,石头也是万物之本。今天的科学已经证实,石头可以在时间的长河中风化为泥为沙,泥或沙亦可在时间长河中凝结成石成岩,是谓"寥落悲前事,支离笑此身。愁颜与衰鬓,明日又逢春"。这也便理解了"千锤万凿出深山,烈火焚烧若等闲。粉身碎骨浑不怕,要留清白在人间"的另一层含义。

石头是泥土的骨骼,泥土是石头的血肉。泥土是石头的爱,石头是泥土的魂。泥土是前世的石头,石头是未来的泥土。

与人相比,石头十分低调,它可以成为人类的垫脚石,可以成为人类的屋舍材料,可以忍受人类的锤打凿削,却不掩其高傲的品格。从"石头城上,望天低吴楚,眼空无物。指点六朝形胜地,惟有青山如壁。蔽日旌旗,连云樯橹,白骨纷如雪。一江南北,消磨多少豪杰"或"千寻铁锁沉江底,一片降幡出石头。人世几回伤往事,山形依旧枕寒流"中可见一斑。

再有,世间万物,哪样不是由石头或者石头的成分构成的?石头含各种化学元素,各种化学元素产生物理化学反应生成各种物质,各种物质构成了我们生活的形色世界。

这就不难理解"尘归尘,土归土,及尽繁华,不过一掬细沙;天上天,人上人,待结硕果,已是满脸皱纹"了。

亦无可否认,人活的就是气场,就是能量场。

人之为人形,那是我们惯常视野中的存在。但是往小里看,人体都是由一个个分子、原子构成的。再往小里看,小到不可分割的时候,便是由一个个量子组成的。量子是什么?量子就是能量子,就是能量。一堆量子待在一起的场所,当然就是能量场,就是气场。

人如斯,世间万物孰不若斯?

也就是说,世间万物都是由量子组成的,因而世间万物其实都是能量场,世间万物都是一个个气场。关于此,是没有本质区别的。区别只在于这一堆一堆聚集在一起的量子能量的大与小,数量的多与少,以及量子之间的相互组合与影响。

老子之"道",视宇宙本体、万物规律为超越时空之神秘存在。而老庄的神秘主义,又视得道成仙思想为道教的核心信仰。虽然这世间是否有谁真的因此得道,因此成仙,无人亲眼得见,故不足置信,但是老子、庄子提出的清静无为、见素抱朴、坐忘守一等养生思想,还是有一定道理的。

说白了,这个理论就是顺应自然,尊崇自然。

当然,石头仅为石头,它不可能能量大到能保佑你遂愿的程度,毕竟现实生活中谁也没有见过孙悟空。但是,这至少有一种心理暗示。

而且与石头对望时,石头对自己也一定是有激励作用的,无论大小。

关于气场,有人给出了这样的解释:气场是对人体所散发的隐形能量的描述,它反映人所能把握到的自然规律的多少。因而,人越顺应自然规律,气场就越大;越背离自然规律,气场就越小。自然规律正好与人的身体和心理活动的规律是一致的。

诚然!

人若爱石,当与石有至缘。我与原存在于大连金普新区金石滩的这块石头就互为幸运。

我有幸遇到了在野外生存了千万年甚至上亿年的它,它有幸从荒僻原始一路走来,还跟我同坐上了轿车、飞机、地铁、公交等现代交通工具,来到了成都,来到了我的书房兼卧室的居所,被我放在了书桌之上,成了尊贵的座上宾客。读书或者写作疲惫之时,我便与之对望,相互打量,彼此微笑。

热爱,便会让你情不自禁地去寻找理由。写到这里时,我蓦然发现,这块像小汽车形状的鹅卵石,其实翻过来,则像一个金元宝。

金元宝来自金石滩,情理之中啊!

我为自己这个发现而欣然。

金石,金和美石之属。金石是什么?是宇宙天赋,是大地精华。《大戴礼记·劝学》曰:"故天子藏珠玉,诸侯藏金石,大夫畜犬马,百姓藏布帛。"

金石滩,理应是地理构造中的"诸侯",也难怪金石滩所属,古之为金州,又易名金县,今仍为金州,或名为金普。

《尚书·洪范》释,"金曰从革"。"从",由也;"革",变革。从革,即说明金是通过变革而产生的,自然界现成的金极少,绝大多数是经过冶炼而成的。"革",令砂变金。

再一看,这一坨石头岂止是金元宝的形状?它更像一只扬帆出海的缩微版大船。

像船,尤其像大船,这就对了。

因为这与它原本存在的区位有着无形之中的暗合。

大连三面环海,一面靠山,因港而生,因港而富,因港而名晓天下,因港而生机勃发。

石是大自然的基础,也是大地的风骨,"大夫有石材,庶人有石承",出海有石,才有正阳即出的朝霞,有灿烂人生的彼岸。

如果世间之物皆由能量组成,我坚信能量之间应该是能相互激荡的。石头是静物,其实也是动物。亦如曹雪芹诗:"爱此一拳石,玲珑出自然。溯源应太古,堕世又何年?有志归完璞,无才去补天。不求邀众赏,潇洒做顽仙。"

难怪大才子苏东坡对石尊敬有加,且在家中供着不少怪石。"故夫天机之动,忽焉而成,而人真以为巧也。"

苏东坡所供之石为"黄州石",南宋杜绾《云林石谱》云:"黄州江岸与武昌赤壁相对,江水中有石,五色斑斓,光润莹彻,纹如刷丝。其质或成诸物像,率皆细碎。顷因东坡先生以饼饵易于小儿,得大小百余枚,作《怪石供》,以遗佛印,后遂为士大夫所采玩。"

对,苏东坡开了世人玩石之先。

宋代大画家米芾也有拜石之好。

关于米芾拜石的记载,叶梦得的《石林燕语》中有这样一段描述:"知无为军,初入川廨,见立石颇奇,喜曰:'此足以当吾拜'。遂命左右取袍笏拜之,每呼曰:'石丈'。言事者闻而论之,朝廷亦传以为笑。"此事亦载于宋费衮《梁溪漫志·卷六·米元章拜石》《宋史》等史籍。

苏东坡所供之石,"与玉无辨,多红黄白色,其文如人指上螺,精明可爱",可谓特点显著。米芾所拜之石,也实"颇奇",故见之大喜。后来者所玩之石,也都形制殊异。

但我所捡之石,乃熙熙众石中普通一块,既无玲珑之貌,也无金玉之质,我捡的就是缘分,就是心情,就是热爱。

"偶来松树下,高枕石头眠。山中无历日,寒尽不知年。"

与石对望,能令人淡看人世,一如太上隐者。或能禅定道品,无漏诸善,知悉敬畏,感染风骨。

与石对望,也是身居高楼跟大地情牵,去却虚妄,感大地之恩。

因为戴天履地,我不能忘乎所以。

——原载《北京文学》2021年第12期,被选入《2021中国散文精选》

九寨沟仙籁

青山绿水也好,荒楚邈绝也好,这应该是生活在这方水土的人们的灵魂伴侣。

在饥寒交迫、战事纷扰、时局跌宕的岁月里,跟着他们背井离乡,翻山越岭地一路走到这儿,且入乡随俗不离不弃地扎下根来,任由时光如何疾慢,草木如何枯荣,季节如何更迭,都始终芳华不老。

拙朴而又记录着风雨霜雪的斑驳年轮,简单却又流淌着心灵深处的清纯脱俗。

我伫听着饱满的乐律,品味着一尘不染的原生态的歌词,脑海中便油然而出现了这一铺陈历史的画面:

颠沛流离背井离乡喜怒哀乐的相随,战胜冷漠自然提挈生活温度的力量,思乡刻骨却又回不去的哀伤,以及把异乡当故乡植入因缘的感恩,甜蜜波折而又令人勇敢的爱情。

把寒暑易季酸甜苦辣唱成美好的热爱,把爱情亲情缠绵悱恻唱得韵致绸缪……

强烈的情愫代入感,让我浮想联翩。

正月里采花无花采，

二月间采花花正开。

三月里桃花红似海，

四月间葡萄架上开。

五月里石榴尖对尖，

六月间芍药赛牡丹。

七月里谷米酿成酒，

八月间闻着桂花香。

……

在山间田畴里，在高音喇叭里，在收音机里，在电视机里，在即将到达成都的飞机里……

很久很久以前，热爱音乐的我只知道这首与采花有关，旋律朗朗上口，曲调雅淡的歌曲是民歌，后来才知道是四川民歌。

是四川民歌吗？

这与《太阳出来喜洋洋》《黄杨扁担》《跑马溜溜的山上》这类四川民歌，完全是两种风格。

初夏的热烈里，我再次走进温凉秀美、特立独行的九寨沟县，有幸第一次零距离地接触采花调，接触南坪曲子。

清新的南坪曲子的存在，形胜于九寨沟的存在。这是一种至柔，更是一种至美。

南坪曲子有着明显的地理标志,它的故乡在川西北高原的九寨沟县,是九寨沟县一带汉族闲时、喜庆时以及节日里自弹自唱的民间艺术。

九寨沟县以前叫南坪县,由于南坪曲子的年龄比九寨沟县的年龄更大,所以这个民乐保留了旧名。

南坪县山高沟深,远离繁华,按理说"浔阳地僻无音乐,终岁不闻丝竹声",何来如此优美的民乐如幽兰般生长于大山深沟之间?

此问题先放一放。

南坪曲子又称"南坪小调""琵琶弹唱"。

南坪曲子旋律优美抒情,如高山流水,澄澈清雅,远离重金属,且一尘不染,是在川西北乃至中国有着非常鲜明地方特色的民族民间音乐。

地处高原的南坪自然条件艰苦,南坪曲子无疑是南坪人艰难枯燥生活中的一种内心的柔顺剂,是南坪人心灵营养中不可缺少的重要润滑成分。人们在结束一天的劳作之后,或聚于庭前树下,或围坐于晚炊的火塘旁,弹起琵琶,敲起瓷碟,摇起碰铃,或轻唱低吟,或引吭高歌。

琴音调悦,歌声缭绕,舒缓疲惫的身心。

尤其是在婚嫁节庆之日,远近亲朋欢聚一堂,从而福由心生。

一方水土养一方人,一方文化也有其物候的根。

如同川菜要用四川调料烹制才美味,令人垂涎一样,南坪曲子要用南坪产的木头雕刻的土琵琶伴奏,用南坪当地的方言演唱才最动听。

南坪琵琶,与其他地方的琵琶相比,殊为不同,苗条秀颀状如世间美丽的女子。

在南坪曲子的弹唱中,琵琶是很重要的乐器。而正如南坪的曲子一样,这里的琵琶也独一无二。它的制作技艺,也是一项亟须保护的非物质文化遗产。

在九寨沟县罗依乡的南坪曲子幕天席地的表演现场,在正式演出之前,一位怀抱琵琶鹤发童颜的老者引起了我的注意。引起我注意的,正是他怀中所抱的琵琶。

我走了过去,好奇地问:"师傅,这是什么乐器呢?"

老人满面笑容:"这是南坪琵琶呀,今天我们给你们表演就用这个东西。"

我半开玩笑半认真地继续问:"这是琵琶吗?怎么跟我见过的琵琶长得不太一样呢?"

"是有些不一样。"

于是,老人给我作了详细的解释。

没想到,这位老人是南坪琵琶制作技艺的省级非遗传承人刘玉平,今年60岁。他是九寨沟县唯一能弹、能唱、能做琵琶的全能传承人。

刘玉平说,普通的琵琶背板呈拱形,而南坪琵琶背板则是平的。

南坪琵琶状如美好的女性身体,瘦长精致,其琴头、琴颈、弦轴等也仿女性身体比例,且各有象征。

普通琵琶的琴头与琴面是在同一平面的,南坪琵琶的琴头则是向后呈一个漂亮的弧度,就像古代女人的发髻;三根弦轴,像古代女人的发簪。普通琵琶面板没有开孔,南坪琵琶却在面板中上部左右对称各开了五个孔,这五个孔中间那个孔是圆形的,周围环绕着的四个孔是椭圆形的,这好比女人的一对乳房;而琵琶下面的琴座,则像女人的肚脐。

弹奏普通琵琶时,通常以拥抱的姿势,竖着让之偎依于怀抱之中,同喜同忧;弹唱南坪琵琶时,则怜爱地横斜抱着,如宠宝贝般呵护备至,相互慰藉。普通琵琶有四根弦,四弦四音,高低错落,等级分明;南坪琵琶却只有三根弦,三根弦只有两个音。而且,南坪琵琶的三根弦也有寓指:一根是雄线,独担一音,另外两根是雌线,音律相同,阴阳之配,缱绻氤氲……

南坪琵琶寓有所指,看似牵强,其实用南坪琵琶演奏的乐音,与普通琵琶大有不同。

普通琵琶弹奏出的声音比较干涩清脆,嘈嘈切切,有着金属的质感和珠落玉盘的果断;而南坪琵琶弹奏出的音韵却婉约丰润,莺语流泉,纯洁清幽,弥漫着女性的味道。

一把好的南坪琵琶,可以传承上百年;但要制作一把好的南坪琵琶却很不容易。

刘玉平说,他已经是南坪琵琶制作工匠的第七代传人了,从小看父母制作南坪琵琶,帮着打下手。虽然他早就掌握了制作南坪琵琶的各道工序,且技艺娴熟,但是直到他38岁那年,父亲才允许他独立制作南坪琵琶。理由是未成熟的男人不理解南坪琵琶的妙处,制作出来的南坪琵琶也演奏不出那种女性温和、柔顺、熨帖的音韵。

制作琵琶看似容易,真正动手了才知道,其实很难。

因为从选料到完成,全靠制作者的一双眼、一双手、一颗心灵,一种天赋。

制作南坪琵琶的木材以百年椿芽老树为最佳。香椿木素有"中国桃花心木"的称号,由于被人们年复一年地采摘叶芽,因而香椿树真正能成材者非常稀少。

香椿树甚至与帝室有关。传说古代一位皇帝在落难时吃其嫩叶渡过难关,返宫后为答谢香椿树的救命之恩,特赐香椿树名为百木王。

香椿木又名辟邪木。故此,不少地方的老百姓在修房建屋时,大到房梁,小到木榫,一定要用到香椿木,以祈求家人安康、幸福。

吉祥辟邪当然好,但香椿木材质强度适中,非常耐腐蚀,能避虫蛀,这才是用其制作南坪琵琶的主要原因。

而且,事实也证明,用经风历雨的香椿木所制琵琶弹奏出的音乐,真有一种令人心旷神怡的圆和芬芳的味道。

其次则是椴木。椴木的特点是木纹细致,木质柔韧,不仅易加工,而且耐磨耐腐蚀,不易开裂。

用核桃木制作南坪琵琶也很好。核桃木密度中等,纹理生动,结构细匀,冲击韧性高,弯曲性能良好。

凡此种种。

除了树木品种的选择外,制作南坪琵琶对于所用之材的生长环境也有所挑剔。

生长于阳山还是阴山,所处位置的风水,以及位居整树的第几节……材质有异,对应制作而成的南坪琵琶演奏的音质也各有千秋。

靠山根部的木材,因为风撼不动,四平八稳,因循守旧,木质僵化,不适合制作南坪琵琶;生在风口上的木材,因为生长的过程中经常随风摆动,左右逢源难有原则,木质风流,也不适合制作南坪琵琶;而生长在土地相对肥沃地区,养分充足,不缺乏微量元素,有涵养有素质,木质规整,且直径在30厘米以上的香椿、椴树,或核桃木,才是好料。

南坪琵琶以整木雕刻而成。面板为其整木切下的一块,待雕刻完成后,再以之覆面。

因而,把树砍下来后,刘玉平首先要将其改成5厘米厚、26厘米宽、100厘米长的木板。所有的木料都不能曝晒,需自然阴干,直到干透。

这是一个涅槃升华的过程。

从有生命的木材,蜕变成有灵魂的料材,这个过程需要长达一年的时间,365个日子的沉潜与修炼。

一年后,刘玉平才能运用斧子、凿子、刀子等50多种工具,在上面精雕细琢。

> 正月里来是新春,家家户户挂红灯。
> 人家有夫团年会,孟姜女丈夫修长城。
> 二月里来二月半,想起奴夫好忧伤。
> 春天燕儿都成双,只有奴家守空房。
> 三月里来正清明,男女双双去上坟。
> 人家上坟都成双,不见奴夫范喜良。
> ……

马四云对南坪曲子的热爱也深入骨髓,一唱几十年。

土生土长于九寨沟县的马四云,也是四川省非物质文化遗产传承人。不识谱的她,却弹得一手好琵琶,唱得一口好曲子。

这当然得益于她成长过程中被南坪曲子的环境浸润,耳濡目染。

南坪曲子虽不是人,却是家庭的重要成员。

在九寨沟人的生活中,几乎每个家庭都有人会唱南坪曲子。

马四云家也一样。佳乐传承,从她太爷爷那辈便开始了,喜怒哀乐,抑扬穷泰,无不与南坪曲子血脉相连。

精巧的南坪琵琶的弹奏技艺,马四云是靠自己摸索学会的。她自小跟着大人唱南坪曲子,爱好成习惯,习惯成性格。看到大人弹奏美妙的南坪琵琶,她当然心痒,于是抱着琵琶,一个音一个音地去找,对上了,再找下一个。

时日累积,由生至熟,熟而生巧,她便成了南坪曲子的传承人。

我通过深入的接触了解到,南坪曲子虽为曲子,其实并不局限于小曲、酸曲,更非带色小调。

南坪曲子有着大戏的文化传承,也讴歌传奇英雄、说唱历史故事、演绎神话传说。如《孟姜女哭长城》《老爷挑袍》《伯牙碎琴》《孔子哭颜回》《相子出家》《杜康造酒》《洛阳桥》……这些都是形而上且高于生活的内容。

为纾解劳动的苦涩,增益生活的情趣,南坪曲子更多反映的是生产劳动和社会生活。如《庄稼曲》《摘花椒》《摘葡萄》《男鳏夫》《回娘家》《劝世文》《骨碌子要钱》……这是人间缭缭的烟火,也是世相绕绕的红尘。

当然,既为民歌,南坪曲子哪能离得开美好的爱情?

月儿落西下呀,秋虫叫喳喳呀,
　想起了情郎小冤家呀,心里乱如麻。
秋雨连绵下呀,西风冷透纱呀,

痴空台前来占个卦呀,注眼看灯花。

取出信笺纸呀,提起羊毫笔呀,

写封信儿呀带到去呀,先从郎写起。

处处心腹事呀,珠泪往下滴呀,

记起了情郎我和你呀,并无二心意。

……

这是《月儿落西下》的歌词。

据说《月儿落西下》是700余行的爱情悲剧叙事诗歌,可与《孔雀东南飞》媲美,流传于四川西南一带,而南坪曲子歌词只是其中几句。

爱情是人类永恒的主题,是人类生活中最能打动内心的一种情感。

《二姑娘》《情歌》《月儿落西下》《送郎》《绣荷包》《女寡妇》《南桥汲水》等南坪曲子,生动地再现了男女爱恋、热烈追求、棒打鸳鸯、生死不渝等悲欢离合的故事。

舛谬不顺、跌宕起伏、情真意切的故事,最易带人入情入境。

而几乎伴着我成长且熟之能唱的《采花》,则是另一种风格,它是抒情小调。与歌颂无关,与劳动无关,与爱情更无关。但是这与热爱有关,与感恩有关。

唱天地日月和自然万物。热爱自己的生活环境,感恩大自然赐予的美丽。

《采花》唱的是盼花、赞花、采花的过程。从花事寂然的一月，到蓓蕾初绽的二月，再到人面桃花相映红的三月……

月历递进，装点生活的鲜艳被一月一月地唱，一朵一朵地赞。

类似的抒情小调还有《木莲花》。

……

以上是按南坪曲子的内容来分类的。

马四云说，从曲调形式上来分，南坪曲子则分两种。音律和内容比较简单的一种曲子，专在过年耍花灯时演唱，称为花灯曲子，这便是花调。

《采花》《织手巾》《情哥》《绣荷包》《十写》《十劝》《十送》《太阳当顶过》《男鳏夫》《放风筝》《茉莉花》《十现灯》《货郎卖线》《大十二将》《小十二将》《十个字》等都是花调。

《采花》是花调中最著名的一首。

农闲时或年节用来消遣而唱的曲子称为背宫曲子，也叫背宫调。一些比较长的有情节、有故事的折子戏，便包含其中。

《皇姑出家》《伯牙碎琴》《老爷挑袍》《进兰房》《尼姑下仙山》《福禄寿喜》《王玉良传》《柳迎春》《挂红灯》等曲目，都比较有名，且取材于历史或传说。

南坪县偏置一隅，交通闭塞，南坪曲子纵然词曲俱佳、清美脱俗、丽雅动人，却限于本地民间自娱性的演唱，并没有扩散开来，呈现出原始和古朴的状态。

这看似是憾事,其实是幸事。

南坪曲子形如丽江纳西古乐,沉静悠远,厚重华润,而又基因纯正,一尘不染。

不过,纳西古乐起源于宫廷,而南坪曲子起源于民间。

这正好是一个居庙堂之高,一个处江湖之远,都未曾在朝代的更迭中发生本质的改变,从而圆满传承了纯正的传统音乐。

纳西古乐,是丽江当地特有的民族古乐形式,源于中原的佛教和道教丝竹乐,是在明代传入纳西族地区的洞经音乐和皇经音乐的基础上发展演变而成的。乐曲中既保留有江南丝竹的清丽韵味,又渗进了纳西族民间乐曲粗犷、豪放的风格,形成了十分独特的格调。

十多年前,我曾欣赏宣科和他的团队演奏的《清河老人》《小白梅》《山坡羊》《万年欢》《水龙吟》《漫五言》《一江风》《柳摇金》《步步娇》《十供养》等纳西古乐,也颇为震撼,感慨连连。事后还专门为之写了一篇8000多字的宣传长文。

这次在九寨沟县罗依乡,我现场聆听了刘玉平、马四云等人原汁原味的南坪曲子,同样被震撼、感动。

南坪曲子是在九寨沟县这片土地上生长的吗?

其实,据考证,也是有渊源的。

《老爷挑袍》的唱腔,有点秦腔之韵。而且背宫调的唱腔多用高腔假嗓音,比实际记谱高八度,声调激越高亢又不失柔美细腻,这种风格与陕南的眉户清唱有相似之处。

这是为何？

据说，南坪曲子起源于陕西甘肃的琵琶弹唱，在清朝雍正、嘉庆年间，随陕、甘移民入川，之后与南坪本地的民乐融会，遂形成了独具地方特色的南坪曲子。

对此，九寨沟县文史研究专家徐云峰进行了解读：南坪曲子弹唱有300多年的历史，发展的过程分三个阶段：初始为清雍乾时期湖广移民填四川带来了宫调；继而，"庚申之变"后，清同治光绪年间，陕甘移民带来了花调；到了民国初年，优秀的民间艺人又将宫调与花调诸腔融合，形成了而今独具风格的南坪曲子。

之所以如此说，是因为南坪曲子中的花调明显受甘肃花儿民歌的影响。花调用于抒情，多用花名起兴，衬词多用"花儿红""杨柳青"等，音韵悠扬妩媚，一唱三叹。

而宫调则用于叙事，有着固定的曲牌，严谨的韵律、字数。

在九寨沟风景区被开发之前，南坪县是因南坪曲子而闻名的。

别小瞧了藏在大山深壑里的南坪曲子，它的成名时间可比九寨沟早多了。

藏在深闺的南坪曲子，被天下人传唱，始于新中国成立后。

对，最典型的就是那首《盼红军》。

正月里采花无哟花采

采花人盼着红哟军来

采花人盼着红哟军来

三月里桃花红哟似海

四月间红军就哟要来

四月间红军就哟要来

七月里谷米黄哟金金

造好了米酒等哟红军

……

虽然我喜欢文学,但我其实并不是一个过目能诵的人。尤其是歌曲,往往我的记忆曲谱的能力远远大于记忆歌词的能力。

先《盼红军》,后《采花》,某一天我听糊涂了,这两首歌怎么韵律一样?

后来才明白,曲调真的一样,只是填词有异而已。

而旋律的正源便是南坪曲子。

这是传统南坪曲子的一大特点:歌词并不固定,但曲调是基本固定的。

直到与新时代"联姻"。

自《采花》被改成《盼红军》后,南坪曲子竟风靡全国,曾经明星荟萃红极一时的东方歌舞团,还将之作为出国演出保留节目。

自此,南坪县便有了"民歌之乡"和"琵琶之乡"的美誉。

登堂入室的南坪曲子,逐渐在原曲牌的基础上填写新词,再加进简单的复调,以女声小合唱的形式呈现。

在伴奏上,除了原有的三弦琵琶、家常瓷碟、碰铃之外,又增加了扬琴、二胡等乐器,但仍用南坪方言演唱。

继而,又出现了将南坪曲子原有曲牌稍加修饰和发展,对三弦琵琶的音位加以调整的状况,改后的南坪曲子似乎更符合五度相生律。在南坪曲子表演形式上也加进了站立着唱、舞蹈着唱及其他身段手法,使弹唱的总体效果更为丰腴、壮阔。

再后,则出现了以南坪曲子原曲牌为素材创作的琵琶弹唱曲目。在演出时,将原来的七品三弦琵琶改为通常的四弦二十四品琵琶,加进了扬琴、古筝、中阮等弹拨乐器,并用成都方言演唱……

然而,加了这么多元素的南坪曲子,还有清水出芙蓉的本真味道吗?

不得而知。

或者听得多了,不得而已,却仍不甚了了。

直到此次,在六月高原的清朗中,我跋山涉水来到九寨沟县,在罗依乡,还有保华乡听到的原汁原味的南坪曲子。看到一队队农民轻拢慢捻南坪琵琶,和声似高山流水,我才蓦然明白,未加"调料"的原生态绿色音乐,是那么震撼。才了解,不惹尘埃的南坪曲子的天生丽质。

正月十五挂红灯,张氏红娘来观灯。

观了头盏观二盏,一盏一盏看分明。

头一盏灯什么灯?月明楼里吕洞宾。

二盏灯是什么灯?二郎赶山在山中。

……

高天碧野,轻絮流云。

南坪曲子,九寨沟绝响,婉约的琵琶,犹如仙籁的韵律与唱腔,在粗犷的高原、野性的风中存在。

对九寨沟人来说,南坪曲子既是一种生活的抚慰,更是一种灵魂的相依。就跟美丽的九寨沟独称于世的景色一样,茕茕孑立。在一鸣惊人之前,还那么默默无闻。

但是,这丝毫不影响其给这片高原土地的焕然以及柔软的润泽。

高原直射的阳光下,一队队纯朴的农民专注地边弹边唱,那份投入,那份执着、敦厚的情致,一下子让我脑海里浮想联翩,感慨万千。

从历史的深处,一路蹒跚着走来的乐韵——南坪人一代一代繁衍生息战天斗地的伴奏,不离不弃荣辱与共的灵魂伴侣,竟然让思绪往复穿梭于历史的深邃与清浅之间的我,不知不觉中,情难自抑地流下了感动、感念,或者感伤的泪。

所幸,南坪曲子经国务院批准,被列入国家级非物质文化遗产名录。

而且,为保护这一绝无仅有的文化遗产,自2009年7月始,九寨沟县文体局和教育局便联合起来,对当地小学、中学的音乐教师进行培训,让其在传承人的指导下,全面学习南坪曲子各种调式的演唱和琵琶的演奏技巧;又对当地中小学音乐教材进行编撰,增加内容涉及南坪曲子的起源、特点、分类、演唱内容和技巧等。

九寨沟县还投资150万元,建设了一个南坪曲子传习所。

朗朗居峻,绝尘净心。这无疑是可喜的。

行文至此,我也禁不住哼起了南坪曲子:

南坪是个好地方,九寨风光世无双。

翠海奇观令人醉,人间仙境胜天堂。

南坪是个好地方,林海森森尽苍茫。

名贵药材遍山长,桃红梨黄柿子香。

南坪是个好地方,世代相传民歌乡。

村村寨寨琵琶响,家家户户歌声扬。

——原载2018年8月3日《光明日报》

凝华仙境的春天

我不是狂热的春天的朝圣者,虽知春天之妙境。偶尔向往,不过是一种静享时光的闲情,于寂寥与劳形中的想象。

在脑海中浓缩的自然与风光中放松自己,怡情怡性,算不得附庸风雅。

平和地存在,如一片树叶、一棵小草一样本真,迎着阳光挥洒的方向生活。

是的,我闲逸地在时光中行走,却不排斥春天的美好。

每片美好的树叶,每棵纤纤的小草,其实都是春天的缩影。

那么,我的春天呢?

一直喜欢竹。

南方的冬天万木萧索,但竹始终青翠,春天的秀色一直存在于四季之中。

少居农村,家境贫寒,总想跳出困囿于一隅的困顿,时常穿行于竹林之中,看到节节攀高的竹,无论在哪种环境中都昂扬向上,不卑不亢,所以视之为励志榜样。

竹,是我少年时的春天。

"竹叶青青不肯黄,枝条楚楚耐严霜。昭苏万物春风里,更有笋尖出土忙。"

小的时候,听说过一个与竹叶有关的故事。滴翠的葳蕤竹叶,撼动我的是其美好的意境。

传说古时候有一个货郎,踩着星星出发,挑着一担酒走了一天,或许运气否极,那天到了星垂夜幕,也没有卖出多少。

最不幸的是,在接近黄昏之时,好不容易有一个客人要买酒,货郎还不小心将其中一个酒坛的盖子给摔碎了。

家在远方,夜路难行。

挑着酒再上路之时,由于担心酒坛里的酒在自己爬坡上坎的过程会颠簸而晃荡着洒出酒坛之外,于是货郎顺手扯下一把路边的竹叶放进那个没盖的酒坛之中,以减轻酒液的晃荡程度。

没想到第二天他再次挑上这担酒去售卖之时,有人说那酒真香,于是那坛放过竹叶的酒便很快卖光了。

这时,有三个芬芳的字出现了:竹叶青。

这是一种酒的名字。

当然,我想强调的不是酒,而是竹。

我不嗜酒,但嗜竹。

随年龄增长,情感孤独的自己喜欢上了看书。

有一天偶然读到李贺的《竹》,一种情愫又在心中激荡。

入水文光动,抽空绿影春。

露华生笋径,苔色拂霜根。

织可承香汗,裁堪钓锦鳞。

三梁曾入用,一节奉王孙。

好美!

一直以来,竹是君子的象征,是高尚人格的体现。文人爱竹、咏竹,为竹作诗作画。只因竹四季常青,笔直劲挺,不惧风雨。"经霜雪而不凋,历四时而常茂。"

据说一根竹子生长为成竹需要五年,前四年仅生长一寸,从第五年开始,却以每天递增一尺的速度疯长,不过月余,便成长为高约十米的成竹。

用四年时间扎根足下土地,然后不长则已,一长冲天。

"根生大地,渴饮甘泉,未出土时便有节;枝横云梦,叶拍苍天,及凌云处尚虚心。"虚心、隐忍、执着、坚强,这便是竹之品格。

水中竹影,微光摇曳;地上竹林,幽雅凌空。劲直潇洒,却又不失人间烟火气。编竹为席,可以接香汗;剔竹为竿,能够钓锦鲤;凌云之际,还可与天接……

还有,几片竹叶,便可改变一坛酒的本性,这也确实是个奇迹。

关于竹叶青酒的这个传说是真是伪,尚未可知,但在我的家乡四川省南充市大通镇流传。

竹酒,其实是沿着历史的小路,走了上千年,一直走到今天的。

南梁简文帝萧纲便不吝诗赞,"兰羞荐俎,竹酒澄芳",其品质与盛宴同芳。南北朝文学集大成者、"宫体诗"的代表人物之一庾信,又将之写进题为《春日离合诗二首·其二》的诗中:"田家足闲暇,士友暂流连。三春竹叶酒,一曲鹍鸡弦。"诗酒盛行的唐朝,竹叶青也没少跟文人墨客成为挚友,且被记述抒情。初唐诗人王绩在诗《过酒家》中赞之:"竹叶连糟翠,蒲萄带曲红。相逢不令尽,别后为谁空。"白居易的记述平实近人,如一幅美丽的画卷:"瓮头竹叶经春熟,阶底蔷薇入夏开。似火浅深红压架,如饧气味绿粘台。"骆宾王则将酒与情交融,他眼中的竹酒也是春天的风景:"竹叶离樽满,桃花别路长。"而一代女皇武则天的《游九龙潭》,则醉美得有一种微醺:"山窗游玉女,涧户对琼峰。岩顶翔双凤,潭心倒九龙。酒中浮竹叶,杯上写芙蓉。故验家山赏,惟有风入松。"

……

竹酒令人满面含春,竹酒的故事令人温暖。其实也有竹茶的。

竹茶,即竹叶茶。

竹叶茶是以竹叶为主要原料制作的一种茶。竹叶含芦竹素、黄酮、内酯、多糖、叶绿素、氨基酸、维生素、微量元素等营养物质,以竹叶作茶饮,滋味清鲜纯和,不仅能清热利尿,清凉解暑,而且竹叶中的黄酮还具有良好的抗自由基能力,能有效调节人体血脂,并具有清心凉肺、消炎、抗菌、抗病毒、抗氧化、提高免疫力的作用。

《本草正》载,竹叶茶清香透心,微苦凉热,能"退虚热烦躁不眠,止烦渴,生津液,利小水,解喉痹,并小儿风热惊痫"。

《本草纲目》也载,竹叶治疗关格诸癃结、小便不通、出刺,决肿,明目去翳,破胎堕子,下闭血。养肾气、逐膀胱邪逆、止霍乱、长毛发。主五淋、月经不通,破血块排脓、痔瘘并泻血、眼目肿痛及肿毒,治浸淫疮并妇人阴疮。

因为爱春天,爱竹,也爱屋及乌。

春天里,我到峨眉山旅游,竟然尝到了一种好喝的绿茶。

茶便茶呗,它偏偏与竹有关。

想惹竹之春风摇荡?

不!它自己本来就很有春天的感觉。

它跟竹并无直接血缘,却沾竹之灵气,也能喝出酒的醺然与意韵,不得不令人嗟叹。

这种茶也叫竹叶青。

取名带竹,是其外貌与志趣,与竹同?

这个名字的由来,有一段佳话。

说的是 1964 年 4 月下旬的一天,陈毅登峨眉山,在万年寺憩息之时,一老僧泡了一杯绿茶为他解渴。迎着飘荡的热气,陈毅喝了几口之后顿感心旷神怡,齿颊生香,甚是惊奇,便问老僧是什么茶,为何如此好喝。

老僧说:"这是峨眉山本地产的茶,平常也就本地人喝喝而已,所以没有名字。"

"这么好喝的茶,应该有个名字才好。"陈毅笑着说。

老僧一听,连忙说:"那正好请首长赐个名字。"

几番请求,不好推托,陈毅便认真想了想,然后说:"此茶叶似竹叶,茶汤碧绿剔透,不如叫它竹叶青吧。"

自此,中国便有了一种名叫竹叶青的好茶。

竹,这种持心正直而又温暖的植物,能够将一坛酒变得芬芳,让一种酒从此扬名天下,流传1400多年,神助之力,其实源于自然。

一种茶能让共和国元帅如此倾情,且取与竹相关的名字,说明这种茶也具有名扬天下的品质,和流传时空的天赋。

果然,1985年,在葡萄牙举行的第24届世界食品评选会上,竹叶青荣获了国际金质奖。

不过,竹叶青名扬天下的同时,烦恼也随之而生:不仅竹叶青的名字成了茶企争相使用的品牌,而且仿冒、假造者层出不穷,直到引发了商标归属权的诉讼,才正本清源。

一个姓"竹"的茶叶家族,何以风行天下,备受青睐?

因为它天生丽质,因为它风华清靡。

虽然竹叶青茶这个名字出现的时间不长,但是峨眉山茶却超逸出尘已经很久。

中国,是茶之故乡,这片神奇的土地不仅孕育出了世界最早的茶树,而且还种茶、制茶、饮茶,以茶涵养生命,连通天地,寄寓思想、繁荣文化、创造财富,甚至深入历史的内核。

茶,于中国,是一片有着显著地理标志的树叶。茶,与人类的缘分,始于其被当作一味解毒的药物,或者野菜。《神农食经》载:"茶茗久服,令人有力、悦志。"

川人司马相如《凡将篇》记载了二十余种药材:"乌啄桔梗芫华,款冬贝母木蘖蒌,芩草芍药桂漏芦,蜚廉雚菌荈诧,白敛白芷菖蒲,芒消莞椒茱萸。"

其中"荈诧",就是茶叶。

其实,四川,是茶的原产地和茶饮的发祥地。

古文献记载,秦汉以前,我国产茶的地区只有川东的巴族地区。秦灭巴蜀,茶饮才传播到中原。

当然,除四川东部的巴族地区产茶叶外,川西的蜀国境内同样出产茶叶。扬雄《方言》有载:"蜀西南人谓茶为蔎。"东汉壶居士《食忌》载:"苦茶久食羽化。与韭同食,令人体重。"

在中唐以前,表示"茶"的字是"荼"。《尔雅》载:"槚,苦荼。"

"槚"是茶树的古称。

晋文学家、风水学家郭璞《尔雅注》云:"树小似栀子,冬生叶,可煮羹饮,今呼早取为荼,晚取为茗,或一曰荈,蜀人名之苦荼。"

而且,川人好茶,自汉唐至今,长盛不衰。

晋人张孟阳《登成都楼》云:"借问扬子舍,想见长卿庐。程卓累千金,骄侈拟五侯。门有连骑客,翠带腰吴钩。鼎食随时进,百和妙且殊。披林采秋橘,临江钓春鱼。黑子过龙醢,果馔逾蟹蝑。芳茶冠六情,溢味播九区。人生苟安乐,兹土聊可娱。"

诗中所述,四川的香茶在各种饮料中堪称第一,名享天下。如果人生只是苟且地寻求安乐,那成都这个地方还是可以供人们尽情享乐的。

唐时,四川的茶叶领冠全国。

陆羽《茶经》载:"剑南:以彭州上,生九陇县马鞍山至德寺、棚口,与襄州同;绵州、蜀州次,绵州,龙安县生松岭关,与荆州同,其西昌、昌明、神泉县西山者,并佳。有过松岭者,不堪采。蜀州青城县生丈人山,与绵州同。青城县有散茶、末茶;邛州次,雅州、泸州下,雅州百丈山、名山,泸州泸川者,与金州同也。眉州、汉州又下。眉州丹棱县生铁山者,汉州绵竹县生竹山者,与润州同。"

陆羽觉得,唐代的四川茶,以彭州所产为最好,绵州、蜀州所产次之。青城县产有散茶和末茶。而邛州、雅州、泸州所产茶要差些,又以眉州、汉州所产的茶叶为最差。

至宋,则有文献载:"唐以前茶,唯贵蜀中所产""唐茶品虽多,亦以蜀茶为贵"。

但随着时代的发展,茶事东渐,东南地区茶叶强势崛起,茶质已远超四川。

其中原因是川茶只注重数量而忽视了质量,未注重制茶技术的交流、改进和提高。

当然,也缺乏有力的包装与持久的推广。

清末,四川按茶叶的品类和传统流向分为四大产区,分别是:

西路茶:以灌县(今都江堰)为中心所产之茶,有腹茶、边茶两种,又称为"正西路茶"。其余汶川、大邑、什邡等县所产之茶为"西路边茶"。

北路茶:以平武为中心,包括北川及甘肃南部茶区所产之茶,供应本省边、腹地及销往兰州等地。

南路边茶:以雅安为中心,包括荥经、天全、名山、邛崃等地所产的茶叶。

下河茶:以下川南道屏山、峨眉、夹江、马边、高县、筠连等地所产之茶为主。原来该地区产腹茶,系腹茶产区。清末因南路边茶不足以供打箭炉(今康定市)的市场需要,经政府批准,采办下河茶由水路运至雅安,制成边茶。所以在相当时期之内,下河茶也被纳入南路边茶……

论茶这么多,似是离题太远。

其实关键词在里边,依然是关于春天的故事。

峨眉山的茶,属"下河茶",品质不够?

其实不然,它曾是下河茶,却鹤立鸡群。

峨眉山茶既有文化的营养,又有自然的营养,还有仙山的吉祥。

据考证,峨眉山茶与佛家的渊源甚长。

"蜀国多仙山,峨眉邈难匹。"

灵秀的峨眉山是佛教圣地。青灯缭缭,梵音绕绕,峨眉山的茶也便有了佛茶的意韵。

自中唐始,茶与禅便互为知己,因而蒙山茶、乌龙茶、碧螺春等不少好茶的制作之术,都源于僧人。

峨眉山茶也不例外,是由峨眉山寺庙中的高僧所制。

峨眉山茶为绿茶之精品,除了与佛教有关外,也跟远离尘嚣的风景和海拔有关。

绿茶味香、味鲜,叶片细嫩,色泽翠碧,佳味绵长,其品质便与其仙境般的生长环境有关。

暖湿的季风从太平洋吹来,在中国大地山势峻拔之处成雨成雾,是天然形成的茶树的家园与乐土。于是承日月之精华、汲山木之灵气的茶叶便悠然而清逸地诞生了。

颜值与品位并重,味道与禅心兼具。得天地厚爱,佛音熏陶。茶,这种中国树叶,一出生便拥有了大众娇宠的气质。

于清明前三五天采摘的一芽一叶或一芽二叶,经过复杂的制茶工艺,变成了颗粒状或条状的成茶。

只需将干净脆爽的一小捻茶叶放进透明的玻璃杯中,一股开水用滚烫的热情拥抱其来自桃源的矜持,真情便能被重新打开,真心便能在瞬间被释放。来自远离城邑的山乡的纯朴芬芳和阳光春天的动感身姿,也便舒展开来。

如微风里的温暖绽放的桃花,似少女心的纯洁清雅。

身材窈窕,滋味浓醇。

轻雾升腾,芬芳四溢,清新朗洁。

在佛门看来,是佛之所赐,云崖壁生,不惹尘埃。

于百姓来说,能慧眼明心、消疲去乏、怡情修身。

因为热爱春天,曾经不喝茶的我,也渐渐爱上了喝茶。

尤其是鲜亮直接的绿茶。

陈毅为何为一种绿茶取一个与竹沾亲带故的名字?

原因是:陈毅也是一个爱竹,有节且温暖如春的人。

上学时,我们都学过陈毅的诗《青松》:"大雪压青松,青松挺且直。要知松高洁,待到雪化时。"

诗意既刚直又豪迈。这是对坚韧不拔、宁折不屈的高洁气节的抒怀。

少有人知道,陈毅也为正直、坚贞、虚心、洁雅的竹写过词:"莫干好,遍地是修篁。夹道万竿成绿海,风来凤尾罗拜忙……"

这是他1952年7月去浙江莫干山探望张云逸时所写《莫干山纪游词》中的几句。

想必是陈毅在峨眉山喝茶时,看到杯中茶叶徐徐摇荡形似竹叶的图画,而联想到了竹之气韵,因而取下了这个内涵深刻而又形神俱备的带"竹"字的名字的吧。

苏东坡说:"可使食无肉,不可居无竹。无肉令人瘦,无竹令人俗。"

如今生活在高楼大厦的人,哪有地种竹?奔波劳形之余,在寸土寸金的狭缝里得一鸽笼栖居聊度寂寥人生足矣。

凤栖梧桐鹤舞竹,仙迹灵踪知几度?

又何必这么劳神辛苦?

传说中的仙境,紫阳高照、青山绿水、曲径通幽、鸟语花香……都长着春天美景的模样。

这也是茶叶的天然之乡。

哪种绿茶不是来自春天?

当你觉得时运萧瑟的时候,泡一杯绿茶吧。

泡一杯绿茶,动态鲜活的春天瞬间呈现在眼前,面对如此真诚的画面,心中的郁结定会被徐徐冲淡,雅识与气节,又能满满地回归。

你所面对的,当然不仅仅是一杯绿茶。

即便不爱喝茶,想来也不会拒绝这凝华仙境的春天。

一棵古树的涅槃

一棵树死了,死得令人疑惑,令人唏嘘,令人扼腕。

它默默地往生极乐,却是为成就一片名不见经传的故土,为成就一方钟灵毓秀的山水。它的死,既是一种涅槃,更是一种伟大。

是的,它不是一棵普通的树。它见证过天地间无数晨昏接踵、日月更迭,见证过人世里太多的酸甜苦辣、悲欢离合。

它是一棵有着1300年树龄的古树。

本来,我是怀着景仰之心跋山涉水去拜望这棵久仰的树的。然而到了近前才发现,传说中枝繁叶茂的盛景,却遍寻不见,荡然无存。如今的它已是枯树一棵,历尽沧桑的枝干上堆满了颓败与斑驳。

我的心境既木然,又萧瑟,感慨良多,甚至有一种颇虚此行的后悔。

然而,就在我欲抽身离开之时,听到了乡人的一番哀婉而又精彩的讲述,内心又猛然有了一种莫名却又将信将疑的感动。

这些都是真的吗?我用手机查证起来。

是真的!不!不仅是感动,甚至该敬仰!

向峨乡,真的不出名。

我是说之前。

向峨乡系四川省都江堰市所辖乡,位于都江堰市东北部,因地处二峨山东麓,故得此名。该乡地处高山与丘陵过渡地带,东西横距10.7公里,南北纵距12.2公里,幅员59.1平方公里,耕地面积23800余亩,最高峰二峨岭海拔1804米,最低处莲花湖海拔712米。

在辽阔的中国版图上,披着翠绿绸衣的向峨,实在是并无太多特色。

不过,向峨乡曾经以悲壮的方式,被全国提及。

这事,每当我想起,都会泪湿双眸。

时间的考验,让我对它面对多舛命运的安排奋进不屈的精神肃然起敬。

"公元2008年5月12日,天灾降临人间,毁我向峨,毁我美丽校园,夺我近400师生生命。昔日辛勤学子,未来国家栋梁,就这样悄然离去。群山低首,江河垂泪,万物呜咽。"

"钱福波哟……"

面对地震后去了天国的钱福波的遗体,一个悲号的声音惊恸人心。在他的父亲这肝肠寸断的喊声过后,人们发现已经死去5天的钱福波的鼻血突然间流了出来。

希望自己所教的学生都成为大学生,这是向峨中学乡村老师钱福波的梦想。2000年从邛崃师范学校毕业后钱福波本来可以去胥家镇上班的,为了自己的梦想,家在都江堰胥家镇的他,却申请来到向峨乡。执拗地选择这的原因只有一个:向峨乡更偏远、更贫穷,经济水平在都江堰市属中下水平。

钱福波教初中一年级数学,所教班级数学会考成绩在都江堰市名列前茅。钱福波回胥家镇的次数很少,坚持住校的原因是想更好地工作。

地震来时,正在课室里改学生作业的钱福波,跟他的学生们一起被坍塌的楼房埋住了,直到5月16日,他的遗体才被找到。人们首先认出了他的鞋子,因为"他那双运动鞋穿了很久了"。而在现场等了整整5天的钱福波的父亲面对遗体,却坚持说那遗体不是钱福波的。

自己的孩子自己当然认得,即便他已经与自己阴阳两隔。老人不是老眼昏花,而是不肯相信也不能接受眼前严酷的事实。但老人最终又情难自抑撕心裂肺地惊叫般悲鸣了一声:

"钱福波哟……"

这时,人们看到,死者钱福波的鼻血突然间流了出来……而他的父亲,也一下子缓不过气来,哭得晕了过去。

那一天,现场一共挖出303具遗体,给钱福波登记时的数字是301。

2008年5月20日,是周浩15岁的生日。

周俊、袁贤如夫妇第一次给儿子——向峨中学学生周浩买生日礼物。2008年5月11日上午,袁贤如把给儿子买的生日礼物——一件白衬衫交给儿子。周浩很高兴,马上进房试衣。后来他又把衣服脱掉,对妈妈说:"等到生日那天再穿吧,这么好的衣服,我现在还舍不得穿。"

这天是星期天,为感恩父母给自己所买的生日礼物,周浩特地下厨,为父母炒了一个四季豆炒肉、一个空心菜。

但周俊、袁贤如夫妇万万没想到,儿子周浩舍不得穿的那件新的白衬衫,永远也没有机会穿了⋯⋯

向峨中学全校学生420人,地震中327名学生遇难;教职工30多人,16人遇难。整个向峨乡人口1.6万人,地震中死亡人数是439人,光孩子就占了死亡人数的四分之三。

肝肠寸断,眼泪流成河。

倒塌的教学楼对面,是刚刚建起的三层高的宿舍楼,准备下半年启用,但很多孩子再也不能体验住进新宿舍的快乐了⋯⋯

被眼泪浸泡的报纸,触目惊心的电视画面,以及来自全国各地的爱心援助,让我记住了向峨乡,记住了都江堰还有这么一个风景优美,而又遭受撕裂之殇、惨烈之痛的地方。

向峨当然是美好的。

它曾经声名些微,名不见经传,原因不是它不美丽,不是环境没特色,而是它小家碧玉般的婉约灵秀,被名气如滔滔江水般波澜壮阔的都江堰给遮挡了。

高山不语,尽管高山已然彻悟且心急如焚。但此时,另有一位高士却已然在默默中做出了自己的选择,它要以自己飞升的方式,来成就生它养它并不离不弃已然千年的故土,演绎成刻骨铭心的乡愁。

这位高士就是千年青冈树。

《向峨乡志》载:"位于向峨乡棋盘村一组,有一棵树龄超过1350年,树高21米,胸径1.2米,树冠东西21米,南北11米的向峨古大青冈栎树。2006年3月13日被评为成都市十大千年树王之一,并挂上'向峨古青冈树之一'的牌子。"文末,如此评议:"评为千年树王当之无愧。"

乡志外的向峨青冈栎树,生长在棋盘村一组的一块农田中间。树下的小土包比周围农田高出五六米,树干下方,还用石头围起了石墩。树干上围着一圈红色绸缎,还挂着千年树王特有的竹质"身份证",上书:"十大千年树王,编号:10号。山毛榉科,栎属。"树干上部,则挂着一个由都江堰市人民政府于2011年11月颁发的古树名木特有铭牌。

"苍劲、清奇的虬枝昭示着生命的艰辛和顽强;1300多年的风风雨雨,磨灭不了它对光的追求与对高的向往。"

曾经,这棵青冈栎树枝繁叶茂,荫盖30多平方米,树根凸露。村民们常坐于鼓凸的树根之上聊天乘凉,若孩童坐于成人的手腿臂股一般。

年过六旬的董宗洪是土生土长的棋盘村人。对董宗洪来说,千年青冈是他人生最深的记忆。在他小的时候,千年青冈枝繁叶茂,冠盖如伞。倘是夏天,吃过中饭他就会与小伙伴们直奔树下玩游戏,因为树下凉快得很;偶尔也会与小伙伴爬上树干,在繁茂的树枝间寻鸟窝,掏鸟蛋,甚至逮小鸟来喂养。

查阅资料,青冈的简介如下:青冈为壳斗科常绿乔木,幼树稍耐阴,大树喜光,为中性喜光树种;树皮平滑不裂,小枝青褐色,无棱,幼时有毛,后脱落;叶长椭圆形或倒卵状长椭圆形,长6—13厘米,先端渐尖,基部广楔形,上半部边缘有梳齿,背面灰绿色,有平伏毛,侧脉8—12对,叶柄长1—2.5厘米,总苞单生活2—3个集生,杯状,鳞片结合成5—8条环带。坚果卵形或近球形,无毛。花期4—5月,开黄绿色花,花单性,雌雄同株,雄花柔荑花序,细长下垂;坚果卵形或椭圆形,生于杯状壳斗中,10月成熟⋯⋯

青冈树适应性强,对土壤要求不高,可谓无欲无求;幼年生长较慢,5年后生长稍快,可谓与世无争;萌芽力强,耐修剪,有深根性,可防风、防火,可谓坚强而有担当。

虽然董宗洪早已当了爷爷,但在古青冈面前,他自知不过是一个小小孩而已。因为他小时候常听爷爷讲,这棵青冈树在他爷爷的爷爷小的时候,就差不多有这么高、这么壮了。自他来到人世,转眼又过去了60多年,他就没见青冈树怎么生长过。

但遗憾的是,对一棵树来说,没有生长,就意味着死亡。

这是一个可怕的逻辑,却又是一个不变的定律。

2013年暮春,一场雷雨过后,向峨乡棋盘村一组的村民发现,他们心中引以为豪的古青冈遭到了雷击,青冈树的主干被击断了。

古青冈命运多舛,从20世纪70年代起,便越来越衰老。不过,棋盘村一组的村民在享受着它的福荫之时,也时时没敢忘记它的馈赠。有一年夏天,雷电劈伤了古青冈的枝丫,一大截枝丫应声掉地,村人用它做了刨子和菜板。

2005年,古青冈再遭雷劈,这次劈得很严重,古青冈看上去萎靡不振,命悬一线。村民们为了救它,你一毛我一块地捐钱,最终凑了800元,然后从远处拉来肥土,填在其根上,希望它能够渡过劫难,重焕生机。

在村人爱心的护佑下,古青冈还真活了下来。

棋盘村一组村民的记忆中,这已不是古青冈第一次遭雷击了。一年又一年,千百年来,古青冈树身已经伤痕累累,5米以上的枝丫全部被雷劈过,折断的枝丫也都朽了、空了。

在打击中成长,古青冈抗争不屈、昂扬向上,它的这种精神也被向峨乡百姓崇拜、传承。"5·12"地震这方水土人亡人伤,让人们撕心裂肺,肝肠寸断,泪雨纷飞……灾难是那么惨烈,跌倒的向峨人民不也跟跌倒的千年青冈一样,在擦干眼泪后重新挺立,开始了蓬勃的生命吗?

但这一次的打击似乎狠了一点——古青冈被雷击中的是主干。

自此，千年古青冈长势衰弱，似乎元气大伤。

初夏回来了，走到了老朋友千年古青冈的身边，刻意驻留，并找寻着它乘势勃发的影子。

但是热情的夏，一束束和煦的阳光，只唤醒了向峨乡山山水水的翠绿和远远近近慕名前来观光的游人，再没有了千年古青冈往昔的美好。

几只鸟，也像夏晖一般热情，它们跳跃在青冈皱纹叠加、青苔斑驳的树枝上，叽叽喳喳地呼唤曾经的庇护者，传递着感恩的情怀和茂盛的期待。

岁月静好，然而，此时，古青冈却依然无动于衷。

太反常了！

棋盘村村民警觉了，紧张了，心痛了。

多少双合十的手平齐地举到村民的胸口，或高举到与头顶一齐，他们如同朝佛般立于古青冈面前祈祷，满脸是婆婆的泪珠和不折不扣的虔诚。一声声念叨，一声声呼唤，不再是昔年那般为私己的愿望，而是为古青冈苏醒的企盼。

然而，阳光如旧，此时，古青冈却始终铁石心肠。

"青冈古树存在了1350多年，都江堰老老少少几代人都知道，要是就这么死了太可惜了。希望林业专家出手，救救这棵千年古树！"

祈祷无果，棋盘村村民一个个脸庞带泪，求助电话打给了成都的媒体热线。

向峨古青冈是成都市十大千年古树中唯一一棵青冈树。这个电话,撞痛了媒体敏感的神经,这件事情非同小可。

"救救千年树王!"媒体向社会发出了同样的呼喊!

成都媒体素以关注人文及情怀傲然全国,哪怕对一棵生长于僻远地界的树。

媒体的报道犹如扩音器,将向峨乡棋盘村村民哀求的音量扩大了数十万倍。

媒体有温度有湿度触碰柔软内心的报道,打动了万千民众,不少民众纷纷给媒体打电话,对生命垂危的向峨古青冈表达关心,并献计献策、捐钱捐物。

泪花在淅沥,爱心在潮涌。

"补水最重要。"

"老树要发芽,关键还是生根,我愿为老树捐一桶生根剂。"

"我推荐一种植物稀释液,全营养、抗病害,如果需要,请联系我。"

"从照片上看,这棵古青冈树去年应该还发了叶子的,至少有半边是活的。"

"树龄这么长的古树,只要有1/2甚至1/3的树干是活的,就能救活。如果从它的顶端灌水,同时,把树根刨开,用塑料袋装好营养液,把树的须根泡入营养液内,或许能救活它。"

……

热心的民众中有从事古树复壮近十年的林业专家,有售卖农资产品的善心店主,有专业的植保技术团队,还有在青冈树下长大的农技师傅……

最令人感动的是,还有一位杭州热心民众在电话中表示,愿提供重金奖励,为古树寻觅回春妙手。

四川农业大学林学院教授、博士生导师朱天辉也表示,自己愿意担任古树紧急救治小组的组长。作为四川省学术和技术带头人、四川省林业拔尖人才的朱天辉,在林木病害及生物防治、资源微生物等领域颇有建树,也曾多次参与省内外古树救治和复壮行动。2000年,南京总统府一棵被南京市园林局评定为古树名木,受到保护的雪松开始枯萎,江苏省广邀林业专家为其会诊,朱天辉是成都受邀的两位专家之一。

于是,在众多热心人的集体倡议下,在媒体报道的当天下午,一个古树紧急救治小组迅速组建起来,并于第二日奔赴向峨乡,用保鲜的爱,浇灌古青冈。

古树的救治复壮方案大概分为地上和地下两个部分。其中地上部分包括病虫害防治和树皮修复。相对来说,地上部分的工作简单得多,最难做的就是根系修复工作。因为上千年的老树,再生能力很弱,就像给一个危重的老人做大手术,任何工序都需慎之又慎。

然而,无论是刨去树根部分的表层土壤寻找根系,还是仔细观察枝条和树干,紧急救治小组的各位专家都未能发现古青冈的"生命体征"。

令人扼腕的结论,又一次让多少人悲伤失眠,并泪湿双眸。

不过,作古前的千年青冈或许另有想法。

桃源幽僻,与世无争,树的生命可以很长。

但与有贪欲的人类共处,它们中的绝大多数没能寿终正寝。

身处人群中,却又自然生,自然长,成长至1350多岁,且自然死亡,这是因为爱,被人类尊重、爱戴。人非草木,谁敢断言,向峨青冈没有感恩之心?

在向峨乡,不少老人认为这棵青冈树有消灾祛病的能力,曾经有很多外地人开着车来看它,还有人在树上系红绳许愿。

不知道这是一种迷信,还是一种"敬老",或者尊重。

古青冈是否真有神力,能否给人治病疗伤,这无法求证。

这可能是一种形而上的东西。但我相信,岁月的积淀,应该是能让人有所寄托,给人疗愁的。

有意思的是,关于古青冈有着某方面神力的事,还真有先例。

有资料载,在安徽省和县境内的山上,有一棵青冈树能"预报"当年旱涝等气象信息,被当地百姓誉为"气象树"。

此树高10多米,树干要3个小孩手拉手才能合抱,树冠荫蔽100多平方米的地面,树龄已经400多年。有意思的是,经过多年观察,人们发现,这棵树发芽的早晚和树叶的疏密,能反映当年是旱还是涝。

假如此青冈树在谷雨前发芽,芽多叶茂,这一年雨水就多;青冈树按时令发芽,树叶有疏有密,这一年就大致风调雨顺;青冈树谷雨后才发芽,树叶稀少,这年必有旱情。

比如1934年,此青冈树在谷雨后才慢吞吞地发芽,这一年果然发生了特大干旱。

转眼20年过去了,时间行进到了1954年,这棵青冈树发芽时间却提前了不少,而且树叶茂盛,果然当年当地就发了大水。

一桩桩的事印证了"气象预报"的准确性,因而当地一些老百姓把这棵树奉为"神树"。

这棵树为什么能预报当年旱涝情况呢?当时有不少人研究,却最终未果。

不过,青冈能预报天气,并非迷信,而是有科学根据的。

关于青冈,《中国植物志》第22卷里是这样描述的:

青冈为亚热带树种,生于海拔60—2600米的山坡或沟谷,组成常绿阔叶林或常绿阔叶与落叶、阔叶混交林。

青冈对气候条件反应敏感,是由叶中所含叶绿素和花青素比值多少决定的。在长期干旱之后,即将下雨之前,遇上强光闷热天,叶绿素合成受阻,使花青素在叶片中占优势,叶片逐渐变成红色。有些地方的群众根据平时对青冈树的观察,得出了经验:当树叶变红时,这个地区在一两天内会下大雨。雨过天晴,树叶又呈深绿色。

农民就根据这个信息,预报气象,安排农活。

由此看来,青冈,其实是能知恩图报的。

关于青冈向人类报恩、被人类尊崇的现象,其实不是巧合,而是人与自然和睦相处、甚至是相扶相携的表现。

人类抢救古青冈这棵老树,也不是单纯为这棵树,而是珍惜一份阴凉的爱,一份铭记于心的乡愁;我们感恩一棵树给我们的美好,也是感恩大自然的恩赐,感恩我们自己生命的美好。

1350多岁的向峨古青冈,在它成长的过程中,经历了唐宋元明清、民国,直至今日,谁能说这么长的时间之内,一代又一代人在它的视野里生生息息,它就没有或明或暗地向人类预报过是否是丰年和泰安的天气?即便这一代又一代人没有读懂它的爱心密码,那也不能说它就没有这么有心、这么有爱,也不能说它就是自作多情。

又或许,向峨古青冈的往生,是为了成就爱、展示爱吧。

广大善心人士捐钱、捐物,尤其是向峨乡人为它捐钱、捐物,并为它的生与死牵肠挂肚,就是爱的潮涌。不然,在1350多年的历史长河中,经历过无数次风吹雨打、一次次地震雷击,却依然傲然挺立、蓬勃盎然的它怎么可能这么脆弱,这么容易就蓦然弥留,并最终死掉?

一棵树死了,死得令人疑惑,令人唏嘘,令人扼腕。

当然,它默默往生极乐,还有可能是为成就名不见经传的故土。

因为惨绝人寰的5·12地震以来,它见证了向峨刚强挺立不屈的精神,见证了向峨人哪怕是对一棵树的温暖与爱心,见证了向峨乡擦干泪后的阔步前进与稳步发展。

昔日满目疮痍的故土,重新秀洁了起来,明丽了起来。

向峨乡的风景名胜也依然美好,甚至更加美好。

仅以莲花湖为例,便能让人醉度人生闲暇,宛然于仙境神游。

莲花湖由七条形态各异的支流汇集而成,是一处集险、灵、秀、幽、妙之韵于一身的不可多得的风水宝地。湖名源自湖区一莲花洞。每逢雨季,此洞波旋浪转,犹若圣人金口,不与恶俱,言语之间莲花朵朵。

莲花湖胜景之最是盛夏时节,田田莲叶连碧天,百亩莲花竞争艳。抑或乘船漫游,泛舟波心,荡涤身心污浊;抑或湖畔慢行,尽赏濯清涟而不妖的高洁莲花,沉醉于一幅幅泼墨山水画之间,亦意趣流连。

而且,湖区景致不仅有司空见惯的莲与湖,以及鳜鱼、锦鲤等湖生游鱼水族、白鹤野鸭等高蹈水鸟,还有别具特色的犀牛山、月耳岩、五虎山等12处景点,以及摩崖石刻、锅圈岩等古迹。

雍容山水,或玩或赏,都能让人各得其所。

还有茶溪谷,是向峨乡石碑社区的美丽风景。在这里,有一种身在桃源的梦幻之感。可以除却红尘纷扰,醉心那绿色翻飞诗意的舞蹈。采茶炒茶泡茶品茶感受茶文化,就像一介素朴茶农,与天长地久而又与世无争的山水为伍,饮天地之悠然。

……

在爱心的护理下,向峨已然走过伤痛,重新崛起。康复后的向峨,不仅秀美如初,亦如凤凰重生,光彩焯然。

如今,向峨已被誉为"猕猴桃风情小镇",是全球独一无二的猕猴桃主题小镇,全镇有1.8万亩猕猴桃种植基地。

当然,这里不仅有甜美可口的猕猴桃,还有猕猴桃丛林织就的风景,向峨山水天然幽邃的气质,还有如千年青冈那种在打击中不屈成长的精神,以及新农村的无限魅力。

一棵弥留的古树,引发如此强烈的反响。

向峨百姓如潮的爱心涌向它,拯救它,就如同拯救一种信仰,一种恩情,一种多舛却又顽强的信念,一种如青山绿水般纯净的美好……

细细一想,向峨古青冈的往生,又何尝不是一种用心良苦的涅槃?

向峨,爱它,因为痛;爱它,也因为爱。

——原载《北京文学》2018年第12期

与历史撞个满怀

天津的天,很蓝很蓝;天津的津,很蓝很蓝。

在很蓝很蓝的天与津之间,是炽烈、透明、一尘不染的阳光,和鳞次栉比的鲜亮的高楼大厦。

我在一尘不染的阳光中打望,打望行进在时间中的风景,打望与天津相接的深远寥廓。

站在塘沽新华路的海河岸边,呼吸着绿草的馨香和海水的腥咸,目光掠过海河微浪似鱼鳞般跳跃的清澈的蓝色,无遮无拦地享受着视觉的盛宴。

彼岸繁华林立,赏心悦目。彼岸正前方是高大挺拔的MIG金融大厦、碧桂园凤凰大酒店、蜂巢中钢国际大厦;彼岸左面是绿树如荫的彩带公园;彼岸右面是海河外滩公园,而与海河外滩公园隔河相望者,则是停靠在海河边的曾经东南亚最豪华的赌船——被誉为"海上拉斯维加斯"的"东方公主号"。

我无意强说风雅,游历风景并非挖掘一种确凿的诗意,实为一种恬适的放松。

海风吹拂,细浪翻腾,苔痕簇拥的石阶上,衣服像风帆般膨胀的我,感慨滨海新区的宜人美丽和都会风华,如海鸥飞翔。同行作家朱晓剑、彭文春和我,跟司机陈师傅交流甚欢。戴着眼镜爱读书看报关心城市建设的陈师傅,热情且口若悬河地向我们讲述着"东方公主号"、海河外滩公园以及浪奔浪流的海河故事。

8月的太阳,热烈而又执着,紫外线如钢针般扎着我裸露的肌肤。我想退下绿草拥抱的河岸石级,寻找荫翳,在宜人爽凉处等候他们雅兴寡淡后统一行动。

实在太晒,我依依不舍地告别彼岸的视觉大片。视线回收,目光及至身后新华路的另一侧街景,却遽然惊异,一排低矮的建筑,斑驳地站在陈旧漫卷落叶翩飞的风中,如落拓的褴褛布衣,楚楚可怜。

彼岸华堂高馆林立,为何此岸风物遥隔世纪,如此萧瑟,不忍卒看?

而就在这老迈的建筑身后不远,也有摩天大楼兀傲而立如塔凌云。

皆为建筑一族,何故同处一地一边已是满园春色,一边却独此悲秋?

正疑问,一幢飘摇褪色的单层建筑正对马路的阁楼墙上,书写着积满岁月尘垢的几个字:"塘沽南站。"这似曾相识的四个字,令我顿有所悟,心内怦然。

我站在海河岸边的石级之上,远远地给它拍了照,一张两张三张。低矮的建筑与它身后高度近100层的天津宝龙国际中心塔楼相比,其体量无异于蚂蚁与大象。

拍过照后,我又越过宽阔的新华路,来到塘沽南站建筑身前。

这座尖脊屋顶、造型凸现欧式风格的毫不起眼的建筑物,坐东朝西,为砖木结构单层建筑,青砖灰瓦,欧式木质门窗显得老态龙钟。

此建筑大门右侧水泥柱上一人高处,有一块四开报纸般大小同样锈斑星罗的铭牌。铭牌上面一行字写着"塘沽区重点文物保护单位";中间一行字略大,写着"塘沽车站旧址";下面两行字稍小,依次写着立铭牌者的单位和时间:"塘沽区人民政府立""一九九五年七月十口"。

此建筑大门左侧水泥柱一人高处,则是另一块四开报纸般大小颜色年轻的铭牌,从上到下四行字依次是:"天津市文物保护单位""塘沽火车站旧址""天津市人民政府""二〇一三年一月五日公布"。铭牌右下角,还有一个微信二维码。

就在我仔细品读着两块铭牌的内容之时,有一位路过的长发美女也停住了脚步,将秀雅的脑袋凑近尘垢模糊的玻璃窗,打探幽暗的室内陈设。

"这么破败,有什么好看的呢?走吧!"这时女孩身边身高近1.9米如一座塔的男孩说。

"是挺破败的,但它曾经见证了中国近代史的荣辱悲欢。你知道八国联军侵略中国吗?你知道伪满洲国吗?这些屈辱的事都与这座破房子有着关联呢!"

"有这样的事吗?"我接过女孩的话。

"当然了,你不信用手机查查!"

我不是不信这个看上去稚气未脱的女孩掷地有声的话,而是想从她口中得到一种共鸣。

事实上,女孩的话已经唤起了我绵长飘摇的记忆。

如同时下时髦的微信朋友圈。之前,我在书上、手机上,甚至课本上无数次地邂逅过塘沽南站,但此次是第一次见到了其真身,而且是在浏览海河风情时无意间与它相遇的,真是机缘巧合啊!

塘沽南站,1888年4月建成,1907年重修,虽然老迈,却有着与众不同的芳华,且浓缩着历史的风雨荣辱,佝偻的身影哪能被小觑?我没想到,今天很偶然地闲逛,自己竟然于无意之间,与隆隆作响的历史,撞了个满怀。

早已是百岁老人的低矮瘦削的塘沽南站,原名塘沽车站,位于天津市滨海新区塘沽街新华路,是一个具有120多年历史的车站,是中国目前完整保存的最早的火车站。

今天更加喧嚣的京山(北京—山海关)铁路、沈山(沈阳—山海关)铁路,发端于近代中国洋务运动时期的京奉(北宁)铁路,其兴建过程及在塘沽的变故,有着许多故事。

而要说塘沽南站的来历,就不得不提起奢望苟延残喘的晚清自救运动——洋务运动。

时常被人们提起的洋务运动,是清朝末年的一次自强图存的重要改革,也是这个王朝生命垂危时的一种回光返照式的舞蹈。作为北方洋务运动的中心,天津真挚而敏感地兴办了轮船航运业和一些近代工业,使得其对作为主要能源的煤炭的需求大增,一度需要从国外进口"洋煤"。

然而远道而来的"洋煤"不仅价格高,供应困难,还受洋人限制。因而1876年9月,李鸿章命时任大清轮船招商局总办的唐廷枢,到距天津东北仅百余公里的开平一带勘测煤矿,结果发现了蕴藏丰富、质地优良的大煤田。李鸿章遂于次年8月,派唐廷枢筹办开矿之事,并拟定《直隶开平矿务局章程》,招商集股。

光绪四年(1878)6月,励精图治欲逆国家腐朽而行的李鸿章,批准在直隶(今河北)唐山开平乔家屯正式成立"开平矿务局",并"采用西法"开采煤矿。

虽然是摇摇晃晃地前进着,但中国是世界上发现和使用煤炭最早的国家之一。蹒跚着一路走来,并首次利用机械开采,开平矿务局的诞生,已然成为中国煤矿业飞跃的标志。

匆促而繁杂的三年过去了,光绪七年(1881),开平煤矿在人们怀疑、期待,或者等着看笑话的眼光中正式投产,雇工3000人,有大企业的格局。

可喜的是,虽是小试牛刀,却初战告捷,当年便产煤3600余吨,次年又增至38000吨,第三年更增至75000吨……产量不断上升。

从幽暗的地下而来,被赋予火热的使命。开平煤矿所产的煤炭展示潜能的阵地,以及闪耀他乡的出口港是天津塘沽,因此需要开辟产地开平至塘沽的运煤通道。在开平矿务局创立之初,创办人唐廷枢便未雨绸缪做过估算:虽然唐山煤炭采用西法机械式生产,相比于之前唐山民间手工开采的煤,劳动力成本会有所降低,但如果用牛车将煤运到芦台,再装船由芦台沿蓟运河运到天津,每吨成本也将有白银四两七钱,这样的煤价几乎与进口煤价相差无几,毫无竞争力。而假如能修建一条由矿山到出海口的铁路的话,煤的运费则会大大降低,唐山煤便会比进口煤便宜许多。因此,开平矿务局便拟出资修建一条由唐山煤矿到北塘出海口的铁路,并于光绪五年(1879)报请李鸿章。李鸿章觉得此事可为,遂转奏清廷。虽然朝廷也很快同意修筑铁路事宜,且开始了筹办,但不久受到"顽固派"的谏阻,清廷又收回了成命。

煤炭如果运不出去,它仍是煤炭,却不是财富。光绪六年(1880),开平矿务局因铁路不能修建,便另作打算,决定开凿运河来代替铁路。但经勘测发现,唐山地势高于开平煤矿所在地,无法开凿运河。万般无奈之下,矿方再次提出筑修铁路的申请。考虑到"顽固派"最反对使用蒸汽机车,因此申请时特别声明只修建以骡马为动力的唐山至胥各庄间九公里的轻便铁路,这个折中的方案,终于得到了批准。

怕再生变故,这条铁路于光绪七年(1881)5月13日动工,鼓点般急促地修筑,冬雪轻扬的 11 月,终于竣工了,命名为唐胥(唐山—胥各庄)铁路,由开平矿务局管理。

中国第一条铁路,是英国人修建的吴淞铁路,全长 14.5 公里,但建成不久就被拆除,因而实际意义上的中国第一条铁路是由唐山到胥各庄的唐胥铁路,这也是我国自建并延续至今的第一条铁路。

马蹄哒哒,风姿飒飒,一列火车尾随其后……原始与现代强扭在一起,今人倘见,定会一脸茫然,觉得匪夷所思。因为这看上去很喜剧,很魔幻,也很吸引眼球。这种带来强烈视觉冲击的镜头,曾几何时,在姜文主演的电影大片《让子弹飞》的片首里也出现过。

但生活不足电影,哒哒马蹄拉火车,诗意是有,却绝对是个美丽的错误。唐胥铁路通车之初,便使用骡马牵引,无奈效率太低,不能适应煤矿生产运输的需要,迫切需要改用蒸汽机车。于是光绪八年(1882),开平矿务局所属修理厂的工人们擅作主张,按照开平矿务局总工程师、英国人金达(1852—1936)的图纸,细心钻研,利用一台卷扬机上的锅炉、矿上旧井架上的槽铁及旧车轮,制造出了一台轴式０３０型蒸汽机车,工人们在机车两侧各刻了一条飞龙,俗称"龙号机车"。

有了辗转水陆的运煤交通,几年以后的光绪十二年(1886),开平煤矿的煤产量已达到年产 13 万吨的规模。由于采出的煤炭质量好,尤其适合轮船使用,加上价格低,产地近,开平煤矿很快便在天津市场站稳了脚跟。

同年，开平矿务局又在李鸿章支持、朝廷准许的情况下，将铁路从胥各庄延长到芦台，以代替运河运煤。同时组成铁路公司，开了我国铁路独立经营的先河。继而，李鸿章又以"便商贾，利军用"为由上奏朝廷，请求把中国第一条标准轨距铁路延伸到塘沽。

光绪十四年（1888）4月，经朝廷批准，铁路延伸到塘沽并建站，即现在的塘沽南站。同年8月28日铁路又修通到天津，并将唐胥铁路更名为唐津（唐山—天津）铁路。

这段铁路的建设过程，还留下了日后成为"中国铁路之父""中国近代工程之父"的詹天佑青春的身影。汗流浃背的他第一次修筑铁路，铭记在了塘沽南站的史册之中。

曾经只是海河口一个小河港，如今有专用线直达海河边，塘沽南站所在地，一夜之间从荒僻变得热闹起来。在海河淤塞轮船不能到达天津港时，旅客和货物都在这里上岸，转由铁路运输，奔向远方。

古老的传统与近代商业"联姻"之后，传奇也便突破岁月的浮尘，开始萌芽了。在塘沽南站外不远处的海河岸边，铁路部门建了6座码头，专门用于停泊较小吨位的小火轮，塘沽产的盐、碱、鲜鱼虾等从这里运往全国各地，而从开滦矿以及平汉、平绥等地运来的煤、水泥等物品则从这里装船运往华中、华南各地。

铁路的修通，不仅使天津的近代工业得到了进一步发展，对开平煤炭的大量需求，又反过来提高了开平矿务局的开采量。光绪十五年(1889),开平煤矿的煤产量达到了247000吨。同年,开平矿务局还购买了一艘运煤船,往来于天津、牛庄、烟台等地。到1891年时,天津港轮船及其他工业用煤全部由开平矿务局供应,不但中止了洋煤进口,而且远销上海、福州等地,供应外国轮船,开始对外出口。

至光绪二十年(1894),开平矿务局的轮船增至四艘。在塘沽、天津、上海、牛庄等港口,设有专用码头和堆栈,开平矿务局也因此获利甚厚。

不幸的是,光绪十八年(1892),开平矿务局总办唐廷枢不幸去世,继而,江苏候补道张翼接任总办,因盲目扩建,耗资过巨,大借外债,致使外国垄断势力渗入。

随之而来的,还有一种撕裂的痛。

属于唐胥铁路重要站点的塘沽南站,不仅见证了外国列强的疯狂与贪婪,见证了满清政府的腐朽没落,见证了民国政府的软弱无能,也见证了中国铁路的从无到有:清政府对铁路的态度的变化,由19世纪80年代前的坚决反对,到19世纪80年代的允许"试办",再到1889年的"毅然兴旺",以及不惜以路权为代价,大量借外款修建铁路……

正如那个长发美女所说,塘沽南站亲历了中国近代以来多个重大历史事件和多次社会变革,拙朴而简陋的存在,承载着沉重的光荣与屈辱的家国往事。

大沽是天津门户,东临渤海,北靠京山铁路,位置极重要。1900年6月17日,八国联军在攻陷北京之前,率先攻陷了天津大沽炮台。

由于火车可以运送军需物资以及战争人员,因而在八国联军攻陷大沽炮台前两天的1900年6月15日,300名日本士兵便占领了塘沽火车站。

6月16日,935名英、日、俄、德等国的海军偷袭登陆,埋伏在大沽炮台后侧,大沽口内的10艘炮艇开进海河,28艘军舰开往炮台火力射程之外的水域停泊。晚8时,联军向守军总兵罗荣光发出最后通牒:限其于第二天凌晨2时交出炮台。罗荣光断然拒绝。

6月17日凌晨2时,丧心病狂的10余艘联军舰艇在探照灯的照明下,用大炮轰击大沽炮台。守台清军壮怀激烈奋起还击,击毁敌舰5艘。

黎明,联军用大炮轰击清军防地,击中左营弹药库,管带封得胜阵亡,北岸两座炮台遂被占领。联军舰队集中火力轰击南岸炮台,登陆的联军从侧后抄袭。晨7时,南炮台弹药库中炮被炸毁;9时,守台清军向新城方向撤退。大沽炮台全部陷落。

此役,清军击毁敌舰6艘,毙伤联军255人,日海军大佐被击毙。守台清军将士阵亡700余人,北洋海军最大的巡洋舰"海容"号和4艘鱼雷艇被联军掳走。

继而,英国墨林公司无耻地借八国联军侵华的武力威慑,攫取开平煤矿,改名开平矿务有限公司,名为中外合办,实为英国资本控制。

1901年2月19日,英国人以极低价钱骗去了开平矿务局所有资产,而诈骗主谋、墨林公司代理人胡佛,借此积累人脉,日后还攀上了美国第31任总统的宝座。

1906年清政府在收回开平煤矿无望的情况下,批准了北洋大臣袁世凯在同一开平煤田内筹建滦州矿务公司。1912年,胡佛集团又吞并了滦州矿务公司,并与开平煤矿合称开滦矿务总局。此后的近半个世纪,开滦煤矿几乎一直被英国人掌管。

1919年冬春之交,塘沽南站曾来过一群青年人,其中有一个人叫毛泽东。据同行的罗章龙几十年后回忆:送赴法勤工俭学的朋友们去上海,途经天津的他们特意到塘沽看海。这是毛泽东首次来天津,在塘沽南站下的车,还在对面的小饭馆里吃了一盘炒鲜蛏,并步行去了大沽炮台。回来时,手里提了一大包贝壳的他们还受到了南站军警的检查。

1954年4月3日,毛泽东到塘沽视察,乘坐专列在塘沽站下六股车场过夜,虽然没有在塘沽南站下车,却念念不忘当年他在塘沽南站吃的那盘炒鲜蛏。

1931年"九一八事变"后,日本侵略军占领了中国东北,并继续挑衅关内。

1932年1月,"积极抵抗"的孙科政府垮台,由蒋介石和汪精卫组成联合南京政府,他们希望向日本妥协。

1933年3月,日军占领热河,并进攻长城各关口,宋哲元指挥的国民革命军29军奋力抵抗,但日军仍然攻破冷口、古北口,进入关内。不过由于日本被国际联盟开除,国际声誉下降,日军也希望能稳定一段时间巩固东北。

经当时北平政务委员长黄郛和日本关东军副参谋长冈村宁次秘密交涉,最终由国民政府军事委员会北平分会代理委员长何应钦委任的全权代表——陆军中将熊斌和冈村宁次在塘沽谈判。

1933年5月30日,中、日双方在塘沽会晤,中方首席代表为参谋本部厅长熊斌,日方首席代表为关东军副参谋长冈村宁次,下午4时双方交换全权证书。

1933年5月31日上午9时半,停战谈判正式举行。

冈村宁次首先提出停战协定草案,并说明一字不容更改,要求中国代表在上午11时前作允诺与否的答复,弃而不顾中方代表熊斌提出的《中国军代表停战协定意见书》,强硬要求中方对日方所提停战协定,只能回答"诺"与"否",一切声明必须等到停战协定签字以后再行商议。双方相持到10时50分,离最后时限只有10分钟时,熊斌被迫在　字不容修改的日方停战协定草案上签了字。

这个协定就是臭名昭著的《中日停战协定》,即《塘沽协定》。

《塘沽协定》是"九一八事变"后中国政府和日本侵略军签订的丧权辱国的停战协定。这个协定规定中国军队撤至延庆、通州、宝坻、芦台所连之线以西、以南地区，以上地区以北、以东至长城沿线为非武装区，实际上承认了日本对东北、热河的占领，同时划绥东、察北、冀东为日军自由出入地区，从而为日军进一步侵占华北敞开了大门。

《塘沽协定》等于中国默认伪满洲国和日本占领热河合法，也使中国丧失了华北部分主权。所以在协定上签字后，南京国民政府不敢公开协定内容，之后在知情人士的压力下修改了敏感屈辱的字眼后公开了，但还是受到19路军、东北军、华北军通电反对，中国共产党也发表了《反对国民党出卖平津华北宣言》。6月2日，在南京国防会议上，签订这个协定被指证是"违法擅权"，汪精卫出面"承担责任"。

之后，根据《塘沽协定》要求，中国军队在1933年6月上旬完全撤出协定规定的防线，日军撤出第六、第八师团，但将骑兵团留驻玉田，将铃木旅团留驻密云，以"监察中国军队"，为后来发动"七七事变"准备了充足的力量。

而《塘沽协定》签订期间，南京政府代表团便驻留在塘沽火车站。当年签字的地点就在塘沽南站西北侧的"日本大院"（日军兵营）里。

所谓的"日本大院"，原是1900年八国联军侵华时日本在塘沽的分遣军营地，是日本侵略者在塘沽的指挥中心，也是日军屯兵分流、物资运输的中转站。1931年，"日本大院"被设立为"日本北满铁路运输处塘沽办事处",很多物资经由此处运往东北或日本。

时间在推移,腥咸的悲伤仍在继续。《塘沽协定》加快了日军侵华的步伐。1937年"七七事变"爆发,7月12日日军由海上增兵3.5万人在塘沽登陆,"日本大院"为主要登陆地点。全面占领塘沽后,日军利用便利的运输条件,转运军队和作战物资,并对塘沽实行法西斯统治,许多老塘沽人目睹过那种阴森恐怖的景象。

1941年太平洋战争爆发后,开滦矿务总局又被日本夺去,1942年产量达665万吨。1945年日本投降后,开滦煤矿被国民党政府接收,交还英商经营。

中华人民共和国成立后,开滦煤矿和唐津铁路才收归国有。

司机陈师傅是塘沽当地人,生于20世纪70年代初,年龄不算大,却对塘沽南站在新中国的客货运输方面所起的作用了如指掌。

陈师傅说,新中国成立后,塘沽南站虽是隶属北京铁路局天津铁路分局的四等小站,货运方面服务于天津港第三港埠公司进出口业务,但其作用不可小觑:其直达海河边的专用线,不仅能运输从天津港上岸的货物,同时把塘沽产的盐、碱、海鲜等运往北京乃至全国各地,还能将太原、西安、唐山乃至东北等地通过铁路转运来的物资,从这里装船运往华中、华南……

客运方面,最有特色的是往返于天津和塘沽之间的专列,这种里程很短的列车,被塘沽人称为"塘沽短儿"。

改革开放之前,天津市区和塘沽之间只有一条公交路线,除此之外就靠"塘沽短儿"了。为了最大限度地载人,列车车厢只在两边装两条长凳,中间全部挤人。一节车厢大概能装200人,一列车有14节车厢,可以搭载近3000名乘客。但到了周末,要挤上车还相当不容易。

改革开放后,由于运输方式渐渐多元化,塘沽南站的客货运量才开始逐渐减少。

2004年10月7日,随着全国铁路第五次大提速,塘沽南站终止了它的客运业务,喧闹了百余年的客运月台一下子沉寂了下来。

新世纪的风,再度吹来了滨海的喧嚣与繁荣。

静谧,却是塘沽南站给人留下的最深刻的印象。

英式风格的格局,斑驳的灰砖墙,褪色的灰屋顶,掉漆的绿门窗,低调地守护着岁月在它身上留下的故事。

如今,天津市已将塘沽南站所在的于家堡地区,定位为金融服务区,旧房拆迁,华堂高馆诞生,原来的货运服务对象也因此逐渐消失,不知道塘沽南站以后会怎么样……

天津的天,很蓝很蓝;天津的津,很蓝很蓝。

虽然天津的天与津很蓝很蓝的色调,已经荡尽了塘沽南站百余年来驳杂混浊的颜色,但我仍然坚信,就算塘沽南站的盛景已成过往,与它曾经的荣辱相伴的记忆,也不会被历史尘封。

像长发美女一样,手抚塘沽南站斑驳的墙皮,我透过织满蛛网的玻璃窗向屋里张望,目光所及是晦暗的光阴,不禁令人唏嘘。

远方的梦

我在登天之难的蜀道穿行,

朝着生活升华的方向,

盼望似高山削壁千仞,

心情的江水汹涌奔流。

宝成,一条月老之线,

我数度描摹两极和谐的蓝图,

渴望以一种飞驰的速度递进。

横亘未来的天堑,

在古老的蜀道上,

一步步地读秒跨越,

远方的梦。

……

站在这清幽整饬木香荡漾的栈道之上,我内心震撼并由衷喟叹的是湍急蓝碧的江水在滔滔不息地奔流。眼望峭壁如削云雾缭绕的对岸山崖,我看到不时有奔驰来去的火车,在青树翠蔓的山崖的半腰处,沿江流前行,如巨蟒时现时隐地出没于隧道之中。

蓝天白云,春阳高照,山风清新,江水澄澈……

我本该陶醉于这红尘之外的春天的桃源胜景,但思绪蓦然间飘飞远逝到了那个遥远的冬天。时序往复,细节摇曳,光影堆砌,神思恍惚……寄情以往,不由得在心中兀自嗟哦。

我看到,有一个虔诚地相信爱情且青春洋溢的身影,在20多年前一个萧瑟冬风肆虐的傍晚的时光里,甜蜜而期盼地安坐在对岸宝成线上飞驰的火车之中,由成都而来,朝着宝鸡而去,心情激动地扑向爱情的方向。他是那么幸福,又是那么诗意,诗意得甚至在随身所带的一个本子上信手涂鸦,写着春花般芳菲的诗句。

那时他是个诗人,是个唯美主义的追求者,是个一尘不染的爱情信徒。

与这万古崔嵬的山崖擦肩而过,曾经的他不知道山崖身上层层叠叠的离合,生生死死的奔突,以及一个又一个远远地来又远远而去的梦。但沉默不语的山崖洞若观火地记录了他那当局者迷却最终轻若鸿毛的故事……

直到20多年后,站在山崖对岸的栈道之上,在一众来自川渝的作家中,他蓦地看到了当年那个情意满满穿越羁绊的身影,看到了曾经怀揣甜蜜美梦幸福盈怀又令人感动的自己。

虽然那让他痛让他爱让他全身心地投入并刻骨铭心的感情,最终青烟袅袅般邈远地飘散,湮没在了无情流逝的岁月之中,成为一段可笑可叹又不堪回首的往事,但是他当年的身影,以及美丽的梦幻,在不知不觉间成了一道恍若隔世的怀古的情愫。

是的,爱情之路、梦想之路皆如蜀道,危乎高哉,安有坦途?

那天,美女作家郭金梅在阆中市召开的嘉陵江作家群创作推进会上,谈到对嘉陵江的感情时,说她站在这同一款栈道之上,眼望对岸疾驰而过的火车,也仿佛看到了当年她从遥远的内蒙古呼伦贝尔坐火车,为了梦想中的爱情嫁到四川省南充市,途经这江边悬崖一侧的隧道的身影。也许她诗意的描述令与会者更多关注的是她对她与嘉陵江首次相遇的印象,但相比于她爱情生活美好的开始、美好的过程以及美好的现在,先前与她同一时间站在同一条栈道之上的我,却顿然戚戚。

我不知道与我及郭金梅一起站在栈道之上的其他来自川渝的作家们当时都想了些什么,也不知道在年代的错落中,次第站在或者经行此栈道的人们都想了些什么,发生过什么,又放飞了什么样的梦想。

是的,虽然有成千上万的人经过这里,但是少有人知道这段栈道,以及与栈道相伴的峡谷所发生的故事,与万万千千官兵的故事,与万万千千百姓的故事,与战争与和平中的四川的故事,与战火纷飞历史递进的中国的故事,与一个又一个魂牵心念的梦圆梦破的故事……

噫吁嚱,危乎高哉!

蜀道之难,难于上青天!

蚕丛及鱼凫,开国何茫然!

尔来四万八千岁,不与秦塞通人烟。

西当太白有鸟道,可以横绝峨眉巅。

地崩山摧壮士死,然后天梯石栈相钩连。

……

这是诗仙李白的著名诗歌《蜀道难》开头的几句。

虽然出生于嘉陵江畔浅丘陵中的我也去过一些地方,知道其山峥嵘,其路必难,但关于蜀道何其难哉,身为现代人的我却并无直观感受。这次随川渝作家嘉陵江采风团走进明月峡,踏上明月峡古栈道,才知道蜀道之难并非李白文人气太重而诗意地夸张。

明月峡位于四川省广元市朝天区嘉陵江西陵峡东段,面积6.1平方千米,距广元33千米左右。因夹岸岩石呈银白色,并受青树翠蔓的山峰、蓝碧如玉的江水所衬托,整个峡江景致如同镀上一层皓月之光,故而得名。

广元位于四川省北部,川陕甘三省交会处,是四川的北大门及进出四川的咽喉要道,素有"蜀北重镇""川北门户""巴蜀金三角"之称。

明月峡原名朝天峡,因朝天镇而得名。朝天,即朝拜天子之意,因唐朝玄宗皇帝避"安史之乱"南迁成都时,当地官员在此接待并朝拜而得名。后因明清时期,文人墨客附庸风雅,取李白诗"秋风清,秋月明"之意,将之更名为明月峡,但当地老百姓仍喜欢按旧俗称其为朝天峡。

明月峡不长,但峡中奇峰林立、怪石嶙峋,绝壁如削、嵯峨似剑,裁云剪雾直插霄汉。

虽然明月峡是峡,是汹涌波涛与夹岸高山,是难以逾越的天堑,但明月峡也是一条线。

是的,明月峡是一条线。它曾在20多年前如月老般地连接了我的爱情的两极,也见证了我追逐爱情的鲜花与青春梦想的脚步。其实,它也连接了从古到今许多缠绵悱恻、悲欢离合的故事的两端,连接了秦巴文化与巴蜀文化的两端,连接了中国历史金戈铁马平仄起伏的进程与朝代更迭势不可当的走向。

"黄鹤之飞尚不得过,猿猱欲度愁攀援。"朝天峡无陆路之时,水流湍急的水路,可谓蜀道咽喉。由于别处山势险峻,通行几无可能,此峡为连接南北经济、文化与军事的唯一通道。

明月峡谷深壑暗,数千年来,人们为了拓宽这条难于上青天的蜀道,可谓费尽周折。在百无佳法的情况下,凌空接天、穿云破雾的明月峡栈道也就应运而生了。

明月峡栈道是金牛古道的重要组成部分。说到明月峡栈道,就不能不说说金牛古道了。

从古籍与传说中一直行进至今的金牛古道又名石牛道,是两千多年前巴蜀地区通往中原的一条交通命脉。金牛古道南起物阜民丰的成都,过广汉、德阳、梓潼,经广元而出川,穿秦岭,出斜谷,直通八百里秦川。

故事层层叠叠的闻名遐迩的金牛古道全长约两千里,其间山重水复,栈道相连,沟壑纵横,蜿蜒崎岖,最为奇险的一段,则在广元境内,计约二百华里。

关于金牛古道,还有一个近乎荒诞、闪耀着神迹与嘲讽的起源。故事说,战国时期,秦国欲征服蜀国,但关山万里,道路崎岖,秦王便命人造了五头石牛送给蜀王,谎称石牛能日粪千金。贪财且耿直的蜀王为此喜不自禁,便命五位力士开路,以迎能给他带来无尽财富的石牛。历经千难万险,道路修通了,但蜀王迎来的却不是能日粪千金的石牛,而是秦国的万千铁骑。最可悲的是,一念之差,蜀国还因此被秦国灭亡了⋯⋯

幻梦泯灭,笑话留存,后来人们便把这条路称为"金牛道"或"石牛道"。

有史料载:公元前316年10月,秦惠王纳司马错之策,命张仪、司马错、都尉墨率兵沿此道灭蜀。

在西汉建立前,生死的暗战与霸权的争锋又沿着金牛古道逆势而行,那时刘邦屈居汉王,派萧何维修栈道,川北一带数十万石军粮和无数先民子弟经此出川,支援前线,盖得此道致血脉相连,王气盈溢,韬光养晦的刘邦终成霸业。

史实远去,影像已老。但今日之明月峡老虎口处,尚存萧何石碑,上存斑驳的字迹:"……沛公为汉中王,王巴蜀汉中四十一县,都南郑……王留公于南郑,收巴蜀租给助军粮……"

此段文字可证明刘邦派萧何维修明月峡栈道的史实。除此实物,《三国志·诸葛亮传》亦有载文:"益州险塞,沃野千里,天府之土,高祖因之以成帝业。"

同时,《史记》亦有"栈道千里通于蜀汉"之记载。

万事开头难。在岁月的长河中,明月峡栈道历代续有修葺。

三国时期,具有雄才大略的诸葛亮,意欲统一中原而北伐曹魏,六出祁山。遂开剑门阁道,却常受"粮尽退军"之扰而不胜其烦。为了解决这一后顾之忧,他曾派费棉对出川北上的道路进行修整,以期其成为调遣兵马、运输粮秣的通途,但终因"百步九折萦岩峦",蜀道太难,后援乏力,北伐宏图消隐于尘烟,梦寐一统的夙愿休止于天堑。

历史继续流淌,奔着唐宋相交时期而来。由于栈道在战争的拉锯中儿建儿毁,或被风雨剥蚀,于是人们又艰难地在明月峡崖壁顶端,沿朝天岭方向凿出一条羊肠小道。不过,由于山道崎岖,坡陡路险,非万不得已不用。通常情况下,人们都乐于选择平坦的栈道而行。

天然险阻的明月峡,不仅一定程度上阻断了军事的冲突,决定了战争的胜败,也拉长了亲情的距离,冲淡了爱情的稠度……

甚至,这要人命的天堑,还曾经吞噬过大诗人的华丽诗章。

据传,诗人陆游面对南宋政府不图进取放弃西北抗金大业的做法,心情极度悲痛。在从汉中南郑至成都的任职途中,失魂落魄如同漂萍,坐在一叶孤独的扁舟之上,像一片寂寥的树叶,将命运交给起伏的险途,任由嘉陵江水随波逐流。

那时的陆游,诗章应该是他最为依赖的精神寄托了。然而放翁情绪难放,还有不合时宜的江风拂得他内心凄凉。最不幸的是,在过明月峡山口望云滩时,神思游移的他还不慎将他作于南郑的《山南杂诗》的百余篇章坠入江中。

时运如冬,眼睁睁看着浪卷浪舒,心血之作随大江东去,这位爱国诗人捶胸顿足,好不悲摧。

时越千年,连通有无、维系安危的道路的开辟工作仍在继续。

历史流淌到20世纪20年代,在明月峡金牛古道所在的峭立的崖壁上,一条腰带般的公路应运而生了。

这事起因于民国二十三年(1934),蒋介石令川、黔、湘、鄂、陕五省,须半年内完成川黔、川陕、川鄂、川湘、川康、川滇、川甘、川青等十大公路干线,并规定工程标准。

民国二十四年(1935)6月,由四川省公路总局工程师洪文钰率队跋山涉水踏勘道路走向。同年9月,川陕路开工修筑。

施工机构按"川陕公路总段工程处"规定,在广元和昭化两县分别成立"义务征工筑路委员会",县长兼任主席。

《川陕公路义务征工筑路实施纲要》规定:"凡征工区域内,除老、幼、病、残、妇女外,均有应征义务,一切应用工具由民工自带,不得违抗。"

当时昭化县征派民工2万人,广元县征派民工5万人,共7万人,约占川陕公路11个义务征工县征用民工总人数——17万人的41.2%。

虽然当时年逢饥荒,民不聊生,但广元县政府视民如草芥,令:"各区民工务必于9月25日到达工地,若有民工饿死者,由该管区保甲长顶替。"

民工到达工地后,因无粮可食,逃散者甚多,严重影响施工。

还有更可怕的事情出现在了道路修筑现场。川陕公路总工师万希成在向四川省公路局所写的工地检查报告里称:"广元工区竟有人相食之惨状,有食白泥充饥而毙命者,日有所闻。至于饿殍载道,无时无之。民工无粮逃散者甚多。"

后经"行营"电,令剑阁专员田湘藩"严令禁止,加以解决"。

民国二十五年(1936)6月15日,川陕公路绵阳至七盘关段初步打通,在急于通车的情况下,广元工区对重点工程——明月峡绝壁,用风钻加爆破的方法开凿出4.5米宽的半隧道,加设会车待避所,外侧设标桩为号。

明月峡半隧道(即在岩壁上爆破开凿的凹槽式道路)长864米,这是四川公路建设中第一个半隧道。

1937年2月,川陕公路全线开通,成为当时的一大新闻。在人们奔走相告津津乐道的同时,却少有人知道,为修这短短的几百米崖壁公路,竟然饿死、伤亡民工达数百人之众。

从四川到陕西,难道只能从明月峡通过吗?为啥不从别的地方通过呢?

古人当然不傻,如果有更易通过的更好的地方,怎么不选择别的地方?

事实上,一代又一代人都想另辟蹊径,绕开明月峡,却一直没能成功,也因此别无选择。20世纪30年代,在民国政府修建川陕公路时,工程技术人员试图绕过明月峡另觅他途,但遍寻无果,最后不得不重新回到明月峡来。沿明月峡古栈道的走向,在其上方崖壁用炸药凿石开路,凿出一条凹槽式的道路勉强通过了峡谷,这就是如上所述,用生命与血泪修筑在明月峡、老川陕路上的有名的"老虎嘴"公路。

之后,新中国成立,随着经济的发展和科技的进步,蜀道之难顿时成为历史话题。因为逢山开隧道,遇河架桥,高山大河早已不是拦路虎,便相继修建了多条连接四川与陕西穿越天堑的道路。

如今,经过2000多年时间的冲刷,陆续修筑的道路竟然已有六条之多:先秦时期修建于峡壁的古栈道、嘉陵江滔滔江水之上的船行水道、峡中江边船工们修建的纤夫鸟道、金牛驿道、民国时期修建的川陕公路、20世纪50年代修建于川陕公路对面的宝成铁路隧道。六条道路错落有致地分布于此,成了一道特殊的风景,成为中国绝无仅有的天然的交通"博物馆"、中国交通道路发展的"活化石"。而迄今为止中国开凿时间最早,形制结构最科学,遗存孔眼数量最多,保存最完好,最具古栈道风貌的明月峡古栈道,则成了人们怀古思幽、凭吊前人的旅游景点了。

明月峡,目光所及,是一条条铺满兴亡更迭、世情沧桑的道路。当然,明月峡风景还远非止于此,这里还集先秦、秦汉、三国、蜀汉文化,以及唐宋元明清诸朝文化、民国和新中国文化于一体。

诚然,这些文化都是以交通道路为中心而发展和兴衰的。历代诗人墨客,如李白、杜甫、陆游、杨慎、李调元、张大千等途经于此,都留下了书画墨宝和隽永诗篇。峡中还有精美的宋墓石刻,元初建立的朝天关遗址、明代维修道路的碑碣、清代建立的皇恩寺……因此,明月峡不仅是中国的一座交通博物馆,也是一座历史悠久、内容丰富的文化博物馆。

于浩荡的春风中,漫步于明月峡栈道之上,古韵习习,真令人感慨良多。

幽远静思,蓦然间,我觉得难于上青天的蜀道之难,何尝不是实现梦想之难?

金牛道,这个近乎荒诞的名字,是秦王想吞并蜀国,以及蜀王想发横财两个梦想结出的荣耀与耻辱的果实。鸿门宴后的明月峡栈道成就了刘邦的大汉霸业;三国时期,诸葛亮统一中原的梦想起源于蜀道之险又终止于蜀道之难……

或者说,蜀道记载了一个又一个飘来荡去的梦想。明月峡是梦想实现过程中最为坎坷的写照;而明月峡栈道则是梦想从此岸通向彼岸险象环生却又可能抵达阳光的通途。

人的一生是由一个又一个梦想组成的。

充实的生活无不行进在追逐梦想的路上,而幸福的人生则莫过于梦想变为现实……

岁月流走,我已经渐行渐远地淡忘了当时热血偾张的爱情小的自己经历的轰轰烈烈的细节,但曾经沿着梦想的方向,沿着宝成线的海拔攀爬的诗意回忆依然鲜活。

我当然不能百分之百地想起当年前往宝鸡路过此峡时纤毫细致的情景,但万年静默而又喧嚣的峡谷,峡谷夹岸如削陡峭的山崖,以及山崖缠腰的栈道,应该能够记住,或者说见证了曾经的一切。

世事林林总总。明月峡记住或者见证的,又岂止渺如尘埃的儿女情长,和一腔澄澈如水的青春梦想?更有历史长河中令人唏嘘令人惊艳,令人哀绝令人扼腕,层层叠叠的,一切一切由梦想编织的影像。

时间哗哗,带走了一桩桩往事。但千里蜀道,这条联结秦蜀两地政治、经济、文化的纽带,依然年轻,勃发如青春少女;依然执着,缠绵地连接着梦想与现实的两端。

或者,你利用闲暇时或阳光或风雨中的某天,也来到这明月峡的危崖山腰,或慢行或伫立于严谨肃立各司其职,由犬牙交错的桩木及规整划一的木板筑就的古栈道之上,一定会与我有相同的怀古之情,惊今之喜,以及对站在远方的梦与想的遐思及喟叹……

——原发 2018 年 6 月 4 日《文艺报》,原题为《峡光叠梦》,获中国作家剑门关文学奖

爱怨大通

这是我第一次到这个地方,又不是第一次到这个地方。

第一次到这个地方,是指真实的脚踏实地;不是第一次到这个地方,是指无数次神游。

这个地方的名字非常普通,在全国有很多个地方有这个名字。

对,我说的是龙池,四川省南充市嘉陵区大通镇的龙池。

龙池是什么?是蛟龙腾焉之所在。

龙池是个好名字,中国取龙池名者,其实有很多:山东菏泽唐代称龙池;山东昌邑市有龙池镇;重庆秀山有龙池镇;四川都江堰有龙池国家森林公园;福建漳州有龙池开发区;唐朝诗人李商隐有诗名《龙池》……

大通镇是我的桑梓。

"维桑与梓,必恭敬止",但大通于我,情感的滋味有苦有咸。

大通镇之龙池,在我的初识之中,却非与龙有关,而是与知识有关。

小时候,父亲告诉我,他的高小是在龙池读的。

为啥在龙池读书,而不在大通呢?我一是不明白什么叫"高小",二是不明白我们家离大通镇这么近,为啥不在大通读"高小",而在离家很远的龙池读。

父亲对我解释了什么是"高小"之后,对我说,大通街上没有高小,但龙池有。那儿有一家书院,叫龙池书院,而龙池书院所在的村,便叫龙池院村。

大通是中心集镇,比龙池繁华,但大通街上竟然没有高小,这对我来说是一个不太能理喻的事情。

当然,父亲讲的是新中国成立前的事,那时教育落后,所以,即便一所高小,在大通这座自明至清有过盐客往来的驿站风光的小镇也没有,而龙池有。

不过,龙池曾经是大通的一部分,现在也是大通的一部分。那么,龙池书院也应该算得上是大通的荣光。

寂寥地横呈在川北的红丘陵中,被贫瘠严严实实地包裹着的大通,竟然有书院,这实在难得。

再大些,我才知道龙池也与龙有关。

而龙,是东亚区域古代神话传说中的神异动物,是中华民族的图腾。《说文解字》载:"龙,鳞虫之长,能幽能明,能细能巨,能短能长,春分而登天,秋分而潜渊。"

大通镇的龙池是否有蛟龙藏渊,不得而知。不过,但凡一个地名的缘起,其实都是有故事,或者说有着吉祥祈愿的。

其实,我是不喜欢龙池的,虽然龙池跟我还有血缘的关联。

因为我的二嬢曾嫁到龙池梓潼庙村杜家,后来不幸患上风湿关节炎,因无钱医治在床上一躺二十年,骨瘦如柴,直到病死。

龙池的穷自此蒂固于我的心中。

它应该是大通最穷的地方吧?

然而,龙池书院还是有些名气。至少在大通是如此。

据悉,大通龙池书院始建于清雍正二年(1724)。龙池书院,就出过一位当代国画大师。

他是赵完璧。

赵完璧1904年生于南充县大通镇龙池,卒于1994年。

他自幼酷爱艺术,16岁进张澜先生主办的南允旧制中学艺术班,1927年入上海新华艺术大学,得潘天寿、诸闻韵、吴昌硕精心指导。回川后曾任国立成都师范大学艺术系教授,四川私立美专教授。1938年创办四川私立岷云艺专,任校长至新中国成立。后为四川省政协第五届委员会委员,四川省文史研究馆馆员。

张大千曾夸赵完璧画作:"工笔山水,应推蜀中赵完璧。"

赵完璧在20世纪40年代即已成名,是著名的书画大家和教育家,是耳熟能详、修养全面的艺术家。20世纪50年代以后,中国传统艺术不断受到极左和崇洋思潮的扰乱而命途多舛,很多人因彷徨而消沉,赵完璧却矢志不渝。

赵完璧的作品,可谓大幅巨幛笔墨古拙能扛鼎,山势险峻起伏、挺拔雄伟;小幅手卷册页精工缜密,严谨中不失空灵。他外师造化,内法心源,形成了自己雄浑古朴的艺术风格。

这种艺术骨血,或许来自桑梓大通的历史滋养。

大通镇僻居南充一隅,虽贫瘠却清秀,是个远离都市的古镇。

相传南宋淳祐年间,为抗击蒙军入侵,兵部侍郎、四川安抚制置使余玠在南充遍筑石头城,大通境内也修筑了文武寨、天星寨等寨子,大通人民随着宋朝将士一致抗元。

然而顽强的抵抗终究挡不住历史车轮滚滚前进的步伐,大通最终失守,蒙军山头遍插告示之旗"蒙军大通",蒙古铁骑由此浩浩荡荡通过,元军三十六年未能攻下,且搭上了元世祖忽必烈之兄蒙哥大帝性命的合川钓鱼城。

大通由此得名。

这本来是个屈辱的由来,然因确为交通要道,故而在岁月的史册上保留了这个名字,且沿用至今。

"滚滚长江东逝水,浪花淘尽英雄。"人物如此,古镇亦如此。

现代社会已不再需要曲曲弯弯的马踏古道,大通从此变得清静起来、冷幽起来。直到高速公路、动车铁路修建,且从大通穿镇而过,大通才又中兴,复古时热闹。

大通很平凡,很穷,很潦倒,龙池为其缩影。

因而在别人对家乡吟哦时,我虽然觉得这个土得掉渣的名字是那么说不出口,却不会刻意地在别人扬扬得意地炫耀桑梓之时,努力地咂着汗和泪的辛咸,孜孜不倦地寻找风雅。

我不否认我现在已经是城里人,但我执着地因自己曾是农民而骄傲。不仅如此,我始终觉得我的根一直扎在大通这片落满我的泪水与汗水,以及否极时运的贫瘠的红壤里。在别人讴歌家乡雄浑与婉约的辞藻中,我虽落寞,却愿意又爱又恨又痛又念地亲昵地挽着它前行。

苔痕铺垫如厚重历史线装书的石板路,像鱼鳞似的青黑瓦盖顶的木屋,玉带似的绕来绕去一尘不染的小河,还有春夏秋冬都会此起彼伏接踵开放的野花……

这些如梦如幻般掩映在随丘陵地形而起起伏伏的翠绿之中的景致,也算独特且旖旎。恰似小家碧玉,美而不妖。

大通不需要漂亮的衣服。我喜欢它这无华朴实的风景。

我喜欢故乡的绿色植物,即使它是一丛芭茅。

在故乡,我时常深情地注视芭茅花,它多像从故乡出去求学、打工的乡亲啊,无足轻重地随风浪迹的命运,如我之情感的漂流与飘零,定不会剜痛谁的心。

慈祥与贫瘠无关,与爱有关。很多时候,我都想在光鲜的人群中大声喊一声母亲——你这个头插狗尾巴草只会生养红苕苞谷的故乡。

母亲,我能嫌弃你吗?

当然不能!

春风醺醉,煦阳灿烂,蝉蝴吱鸣,鸟雀啁啾……梦境中的我时常在故乡穿行。手若柔荑,巧笑倩兮。这是纯洁绿色织就的美丽。依稀,我听见了不染铅华的植物们在清风中清脆悦耳歌唱的声音,让我联想到隔着时空,从古诗词里走来的袅娜的身姿,和美目流转的倩影。

苞谷,少有人知道,这种从拉丁美洲远渡重洋而来,在大通扎根的农作物,其实它也是"白求恩",为了如大通般的华夏的乡乡镇镇的温饱而来,驱散饥饿的阴霾,繁衍生息,姿态温暖、狷介、婀娜,如乳汁涓涓……

我爱的,还有故乡的母亲。她就像一株吸风饮露、清清幽幽的苞谷,她的年轮里刻录着被人称道的美好,以及无比辽阔的善良。

母亲毕业于四川财经学院,跟央视曾经的著名播音员罗京的父母是同窗。因爱上成都军区大院里身为军医的父亲,便随父亲转业回乡。那一刻始,时间老人便急促地走到她面前,在她的命运之树上残忍地斫砍起来,然后,鲜活的生命色彩成了迥然有异的两段。

从此,母亲变成了一个普普通通的村妇,变成了五个孩子的母亲,丰满的身材日益干瘪。

一朵生长于城市里的娇花,从城市移栽至农村后,曾经的大家闺秀被烟尘浸染,窈窕的身姿变得陋鄙粗粝;锦衣霓裳被布衣粗服取代;食不厌精的生活在时间的嘲笑中变成了食不果腹;满头青丝变成了一蓬衰草;那一手曾经在宣纸上恣意挥洒、隽秀飘逸的令人啧啧称道的毛笔字,也成了写在箩筐底部让人鄙弃的贫穷小气的物主记号……

其实母亲生于殷实之家,祖上有田地、工厂。她曾经的生活是那样富贵、美好,滋润而馨香。

抗日战争爆发后,不忍日寇涂炭生灵,不忍同胞痛失家园、流离失所,骨子里流着不屈的血脉,像个坚韧的汉字,有着坚定爱国信念的母亲的父亲,也就是我外公,激愤地变卖了商产,买飞机支援前方将士抗日,自此家道中落。

但即便如此,母亲依然是城市里的一块小家碧玉,直到为了爱情,跟着父亲到了父亲的老家——四川省南充县大通镇乡下一个叫楼了沟的地方开枝散叶。

大通,别无特色,除了一望无际的红丘陵。

这些丘陵,就像遍地的乳房,又像遍地的馒头。

不要以为起伏丰满的便是可以奶人的乳房,或是可填饱肚子的馒头;不要以为苗条瘦削便是杨柳依依、袅袅婷婷美好的身材,其实那是一望无际拥挤的贫瘠。大通人祖祖辈辈怀着稠密且厚重的希望,喝着红苕稀饭和玉米糊糊疯长,未来不过是芭茅花絮般的轻飘。

红丘陵的大通一直吟哦着苦涩的坚强。

贫穷如刀,摧残着一家的幸福。岁月剥蚀青春容颜之时,水土之异,粗茶淡饭,拖儿带女,扶老携幼,也让母亲落下了胃病——幽门梗阻这个重疾,命悬一线时,被迫做了胃部部分切除手术。

九死一生,母亲挺过了这个生命的难关。从鬼门关回来之后,母亲不再能胜任重体力劳动。自此,一家七口人,只有父亲一人挣工分。生活的艰难,点点滴滴,无处不在。

那年春节前回大通祭祖,我在搜寻儿时老屋的旮旮旯旯之时,岁月陈旧、霉变的气息扑鼻而来,触发了我脑海中一直保鲜的苦涩并回甜的往事。

陈年的积尘中,一个突然出现的物件顿时让我泪流满面。那是一个紫红色的,皮质已经破败,拉链已经无法使用的手提袋。这个手提袋让我一下子触碰了遥远且模糊的成长岁月。

这个手提袋是母亲在曾经贫苦的岁月里去赶场时总是拎在手上的。这个手提袋里,曾经装过贫穷之家里可怜的零食,以及母亲汹涌澎湃却又十分无奈的爱:一个锅盔,或者几粒炒花生,或者几颗香蕉糖……

每当母亲慈爱且愧疚地从场上气喘吁吁地返回,皱纹堆砌、笑颜如花地出现在屋后的小路上时,她的儿女们便扑上去翻起她的手提袋来。

一只只竹节一样清瘦的手在手提袋里翻找着希望,一股股哈喇子在想象的希望中奔流,这多像黄口的雏鸟看到母鸟归巢时竞相张着嘴等着喂食的情景啊。然后清瘦的手又像绿叶一样衬托出一朵朵马兰一样的小花朵,这些小花朵幸福地开在贫瘠的红丘陵里。她的儿女们这种有一丁点阳光就灿烂的笑容,总让母亲心里溢满苦涩和酸楚。

一个锅盔分成九瓣——小家七个人一人一瓣,再加母亲的公公、婆婆一人一瓣,我不过只能分得其中如手指宽那么一绺。又或者母亲所买的炒花生,一人只能分得一粒,甚至是半粒;所买的香蕉糖一人只能分得一颗……

但母亲慈祥而又心酸地看着她的儿女们美美地吃这些零食的情景,在我的记忆中是那么厚重、博大,而又地老天荒。

岁月荫翳,有一种摧残比季节更盛。吃不饱饭,且无药治病,母亲的健康每况愈下。最终,她身体差得再不能赶场了,就连在屋后小路上走走也得拄一根棍子才勉强能行。

曾经绚烂的花朵,被贫穷磨砺,本就残败得不忍目睹,再加上风雨的无情剥蚀,尚在枝头便已堪比零落成泥了。

穷苦的日子不是过的,而是熬的。

虽然母亲这一生没有给她的儿女大富大贵的生活,但是她的仁爱与坚忍不拔的品质深深地影响了她的儿女。尤其令我感动的是,曾经母亲在生命奄奄一息之时,想到的依然是正读高中的我的营养和成长。

从城市移栽至农村,有时候,我觉得母亲就像一株红苕,没有了英英妙舞灼灼其华,头沾泥垢和狗尾巴草屑,纤细的手臂在风雨里勤扒苦做,穷根扎在贫瘠的苦海,身形羸弱,意志葳蕤,汗如雨下却绽放出丰润的慈祥。

直到她年轻的生命被这方贫瘠的土地埋葬。

亦如深情地注视絮飞的芭茅花，她无足轻重随风浪迹的命运剜痛我的心……

是的，大通，就是如此令我又爱又痛。

冬天的淡阳里，我再次回到大通。

故乡依旧，乡音依旧，草木依旧，泥土依旧……然而往事如烟，亲人不在，我已如路人。

不过在生我养我的大通，在我从来没有去过的、印象中最穷的大通龙池，我尝到了最美味的柑子，而且这些柑子的品种有好几种，有皮薄纯甜的爱媛，有性格鲜明的血橙，还有貌丑质美的丑柑……

这是南充市嘉陵区慈济绿色果蔬专业合作社在对梓潼庙村、龙池院村的部分土地流转之后结出的硕果。

而在龙池院村，还有一家名叫伊甸园的乡村咖啡吧。

时尚而另类。

我不知道这乡村咖啡吧平时是否有足够多的顾客为之带来收益以维持其运营，但在原本偏僻的农村却有一家新潮的咖啡吧，这本身便代表着一种变革，一种与时代的接轨。

伊甸园的名字是否恰当暂不讨论，但这个名字也代表着大通人思想意识的"大通"。

当然，大通的果蔬销售渠道，也主要是新潮的网络渠道。

龙池是大通一隅，我觉得大通这个名字取得很好。

赵完璧能成为画界名流，跟龙池的吉祥是否有关，尚不得知，但跟大通这八个字的内涵"大道至简,通仁天下"应该是有关系的。

而最令我讶异的是,"伊甸园"所在地,便是曾经出过国画大师赵完璧的龙池书院。因而,我在欣赏龙池的新潮的同时,也在想,要是大通更重视文化一些就好了。毕竟大通还是有文化的地方,还是有饱含文化的历史。

离开故园经年,又回大通已经物是人非,有惊喜,有哀伤,有回忆,有思念,有憧憬,有迷惘……

大通可挖掘的能量还有很多。我即便是土生土长的大通人,对大通的了解也十分有限,不过沈识而已。

因为龙池曾经在我心中,就是封闭、贫瘠与落后的象征,不过是大通一处可有可无之所在。但这次涉足,却令我感叹龙池其实并不落伍于时代。

这是改革开放带来的面貌焕然。

两个小时之内,穿越大通,匆匆来去,生我养我且埋葬我父母、祖父母、祖父母的父母等的这方土地,如鸿雁掠过。

我既心中怅然,又百感交集。

因而在摇摇晃晃的车程中,我写下了一首描述心境的小诗,发表于微信之上:

大通

我在人丛中孤独打望，

复杂的心情起伏颠簸。

远去的穷困成长，

和生我养我的父母。

流泪流汗酸甜悲欢，

被时间长眠于这方水土。

爱恨交织，

疼痛的执念和泪而流。

我是否应该在心中跪拜，

曾经努力展翅离开的岁月？

犬牙交错的故乡，

擦肩而过，

抛弃不能的是记忆的茫然。

也不知道有没有人读懂我这首小诗的内涵，但是点赞者众。
说到大通絮语连连，或许，这也是一种回不去的乡愁。

——原发2019年3月17日《人民日报》(海外版)

大瓦山情歌

确实不一样!

虽然被传说影响了很久,形成了概念,也形成了思维定式,但真置身于这深闺之中,还是被其别具一格的秀美气质及凹凸有致的身姿所震撼。

这当然不是形容美女的,但它却如美女一般打动我。

它是金口河。

金口河不是河,而是一片桃源。

其实这个名字我很早就听说了,甚至它还淡淡地伴随过我的青葱少年时代。因为曾经有至亲在这方僻远而深邃的崇山峻岭中的某片土地上,短暂地工作过、奉献过。

菁菁实望,青春苢蒽。

或许,他们爱情的萌芽也始发于此。

似曾有耳闻,但今双亲不在,已难求证了。

谁还听说过故事发生地那家国有企业的欣欣向荣?当我打听他们曾经工作过的单位的名字时,车上的当地人也摇起了头,茫然不知所问。

叹弹指芳华如电，无情的岁月已经风化了轮廓分明的记忆。饱蘸感情寻觅父母激情燃烧的青春，想象其中火热的故事，然而留给我的只有细雨纷纷的清明。

敷蕊葳蕤，幽茂玲珑，一切，竟然像一个传说。

但，这确实存在过。

我的出生就是最好的证明。

虽然我生于川东北的南充，但身体里有一半血脉与乐山有关，因而这方土地的名字，在我的耳朵里进进出出过很多回，理所当然。

印象中，这是一片贫困的土地，或者说是我并不熟悉的贫穷的土地。

金口河是啥？是一条河的名字？

金口河既非金口，又非河。

不过，金口河有金山，也有河。金山是大瓦山，河是大渡河。

我知道金口河这个地名很久，知道大渡河的名字更久，但是知道大瓦山的名字的时间并不长。

那是两年前的一个春天的中午，友人税清静跟我讲，他写了一部长篇小说，名叫《大瓦山》。

"大瓦山是啥？"

"大瓦山是乐山市金口河区一座山的名字，我的这部长篇小说借用了这个山名。"

他向我简述了《大瓦山》的主要内容。尚未听完，我便觉得这是一部不错的小说,无论题材,还是人物设计,抑或是叙述方式。

"会写小说的人很多,但是并非每个会写小说的人所写的小说都有显著的特点,如果换人名、换环境,依然成立,那么这样的小说其实是失败的。但是你这部《大瓦山》不同,自身特点太明显了。好的作家就是要写人所未写。"我预言,随着时间的推移,这部小说能让他荣耀。

他当然不相信我所说的话,但我的感慨是发自肺腑的。

其实,我感慨的不仅仅是他写了一部十分有特色的长篇小说,还有他怎么就遇到了大瓦山这样一个独特的文学背景呢?

我自信之前读过不少书,尤其喜欢地理,收集了不少与地理有关的图书,甚至打上不同年代印记的地图也是我收集的最爱,怎么就没听说过大瓦山呢?

友人的收获,竟然让大瓦山吊足了我的胃口。

查了一下资料才知,大瓦山位于大渡河金口大峡谷北岸,海拔3236米。山顶高出东面的顺水河谷1860米,高出南面的大渡河水面2646米,其相对高度仅次于南美圭亚那高原2810米高的罗奈马山。

大瓦山名气大着呢,甚至西方世界都知道它。

100多年前,一个又一个老外远涉重洋来到大瓦山,震撼于这里世外桃源般的美丽。

不,在老外的眼中,不仅仅是桃源,还是挪亚方舟。

1878年6月5日,穿过一路争奇斗艳的杜鹃花,美国自然科学家科尔·贝波尔登上大瓦山,在山顶俯视峡谷之时,便感慨万千,并在他当天的日记里,用文字描述了那一刻自己的感受:"在语言上无以形容,因为任何描述都没有真实存在那样美丽。"

接着,英国植物科学家、探险家厄内斯特·亨利·威尔逊受英国园艺公司和美国阿诺德树木园派遣,远涉重洋,又在1899年至1911年间,先后4次到中国西部采集植物标本和种子,与大瓦山也有着割舍不下的渊源。

1903年,也是6月,威尔逊循着科尔·贝波尔的足迹,从成都出发,沿南方丝绸之路而行,经乐山、峨眉山,再依茶马古道上行,来到金口河,经过4天的艰难跋涉登上了大瓦山,除了感受大瓦山的绮丽雄秀之外,他还重点考察了大瓦山的动植物。

继而,他在自己所著的《一个博物学家在华西》一书里,写下了他眼中的大瓦山:"……像一只巨大的挪亚方舟,船舷高耸在云海之中……"

尽管这样,威尔逊还是说他无法找到更加美丽的词汇来描绘大瓦山的美丽,因而还援引了科尔·贝波尔形容大瓦山的话:"世间最具魔力的天然公园。"

此后,大瓦山在西方国家名气更增。许多探险家、动植物学家和传教士慕名而来,直到新中国成立之后……

"鸳鸯瓦冷霜华重,翡翠衾寒谁与共。""一夕轻雷落万丝,霁光浮瓦碧参差。有情芍药含春泪,无力蔷薇卧晓枝。""对门藤盖瓦,映竹水穿沙。"……

瓦,上承天宇,下接尘寰,是人间烟火和天伦之乐的保护伞。

一片瓦的哲学,被高举于海拔3000多米之上,铺陈于云雾缭绕之中,紫气浮光,虹霓氤氲。

那么,威尔逊眼中这一片"大瓦"是怎样的?他这样心醉神迷地进行了描述:"一丛丛高大的杜鹃灌木装饰着这里,残余的冷杉及其幼树散布在周围……间或有空地,上面生长着秋牡丹和樱草……在山顶,还有小溪蜿蜒而行。"

"大瓦山像一叶孤舟游弋在茫茫云海之上,耸立于圣洁的雪原之巅,远处群山环绕……我从没见过这样的景色,所以我认为这就是天堂。"这是长篇小说《大瓦山》开头的一句话,也是该小说主人公艾祖国的笔记内容,这句话写出了大瓦山孤绝的形貌,以及激荡灵魂的魅力。

深闺是桃源秘境。深闺也是神秘的向往。

藏在深闺,自然另有风景,也遮掩着多少秘密。

美,当然是可能的秘密;丑,也有可能是谜底。

是美还是丑,揭开来,就一目了然了。

沿着蜿蜒的山路进得山来,近处春和景明,蓝天如洗,白云如絮,湖水澄碧如玉……一望无垠,美不胜收。

远处呢?

我当然渴望见识一下大瓦山的丽颜,但那天天公不作美,我渴望面谒的大瓦山一直躲在天边的云里,笼罩着一层朦胧的云纱,云纱持久不散,姿容不现。

我听当地宣传部门的人说,她曾花5个小时登上大瓦山山顶,在阳光明媚的5月的一天。

虽然现代文明已经跟随硬化的公路延伸到了山下,但大瓦山依然保持着原始生态的风貌:古老的银杉林里,高大的杜鹃丛铺天盖地,鲜红的杜鹃花上还常常覆盖着尚未消融的冰雪,红白相映,景致鲜明;而杜鹃林下,是绿毯一般的苔藓,和清澈流淌的如手臂如拇指如绳索一般的小溪;山顶并不辽阔,不过2平方公里,却也是七彩山鸡、杜鹃、啄木鸟等动物的乐园,它们不时婉转又清脆地啼鸣,十分悠闲。

这种景致,甚至与100多年前威尔逊在书中所述一致。

看来,大瓦山上的时间是停滞的,青春不老。

当然,仅止于此还算不上乐园。据说,在大瓦山山顶,还有一庙,虽不大,却供奉着燃灯古佛。

燃灯佛因其出生时身边一切光明如灯,故称为燃灯佛。释迦牟尼佛主修今生,是现在佛;燃灯佛主修过去,为过去佛;弥勒佛主修未来,为未来佛。燃灯佛系佛教三大教主之一,是为释迦牟尼佛授记的佛陀,地位尊显,可见一斑。

大瓦山是否与燃灯佛有渊源,或者是燃灯佛的道场,这也是一个谜,有待解密。

秘境的特色是什么？当然是"秘"了。

没见着大瓦山的尊容就没见着吧,这是遗憾,也是再次拜谒的诱惑。

而在大瓦山脚下的天池,也有诸多待解之谜。

大瓦山脚下有五大"天池"。之所以称"天池",是因为其平均海拔2500多米。这个海拔高度,也算得上是中国最高的天池了,长白山天池海拔2189米,青海的孟达天池也才2504米……

所谓池,就应该有水,起码我是这样理解的。但有意思的是,大瓦山脚下所谓的五大天池中,只有大天池、小天池、鱼池三个"池"有水,干池、高粱池则没水,或者是季节性天然水塘。

干池是五大天池中最不像"池"的,尽管与大天池相隔咫尺,却一滴水都没有。此池干了不知多少年,说来也怪,它竟然只长草不长树。

更稀奇的是,面积1000余亩的池泥,竟然能燃烧。当地村民将池泥采集回家,打成薄块,晒干后即可生火做饭、取暖。用这些池泥所做的燃料不但火旺,且燃烧持久度丝毫不比煤炭差。

一种池泥,竟然能燃烧,是露天煤炭？

从外表看上去,与普通塘泥区别不大。

最令人讶异的是,这种池泥竟然可以卖到日本,且价格远高于煤炭。

中国缺煤吗？为何这种池泥会被当成"煤"中至宝？

官方警觉,立即叫停。

此池泥到底暗藏什么玄机？秘密待解。

……

多少人如我,因为《大瓦山》而知道大瓦山。

友人的《大瓦山》渐渐放射出了光芒,先是在《中国作家》全文刊发,后又由长江文艺出版社出版,且首印2万册。

在如今纯文学读者阵容越来越薄弱的情况下,还能一开机便达到2万册,殊为不易。

大瓦山为《大瓦山》带来了福祉,《大瓦山》给予了大瓦山声望的回报。

去年,江西省九江市一所中学邀请我去讲文学,并附带签售我的长篇小说《镜像》。

得知客从四川来,听众们表现出了令人温暖的亲切感。

探寻原因,答曰:四川文人让庐山扬名天下。

>日照香炉生紫烟,
>遥看瀑布挂前川。
>飞流直下三千尺,
>疑是银河落九天。

这是唐朝蜀郡绵州昌隆（今四川江油）一个名叫李白的诗人，为庐山所写的《望庐山瀑布》。

359年后，又一个四川人为庐山写了一首诗：

> 横看成岭侧成峰，
> 远近高低各不同。
> 不识庐山真面目，
> 只缘身在此山中。

这是四川眉山（今四川眉山）人苏东坡为庐山所写的一首名叫《题西林壁》的诗。

因这两首诗妇孺能诵，自此，庐山名扬天下。

九江人这一说法令人感动，但是我想，李白也好，苏东坡也罢，他们与庐山应该算是相互成就吧。

虽然我是通过《大瓦山》知道大瓦山的，但是《大瓦山》与大瓦山的关系，也应该是如此相互成就吧。

清代张潮说："文章是案头之山水，山水是地上之文章。"

庐山也好，大瓦山也好，存在了多少万年，青春容颜不老。而作家，用文学作品描述的关于大山的故事与美丽，以及寄寓的人生感慨，不过是在向其芬芳婉转地唱情歌。

向大山唱情歌并不俗套。

"夜月一帘幽梦,春风十里柔情",因为值得唱情歌才唱情歌。

情是人间道。

问乾坤,天空月影,雪中鸿爪。

激越风烟飘袅袅,细说苍穹未老。

河汉是,千星浮桌。

信有流云翻作浪,致高函,青鸟知多少。

风送爽,寄春笑……

走在山间,思念万千,无乡有愁,我心漂流。

在网上浏览,看到一首名叫《贺新郎》的词,觉得挺适合描述我与大瓦山之间的感情的,便抄录了下来,聊附风雅。

那么,遍寻不见的至亲那青春的影子和动人的故事呢?

我猛然觉得,其实已经不必刻意寻找,因为他们连带着这片山水的风景,早已一起装进了我的灵魂深处……

——原发2018年6月24日《人民日报》(海外版)

清流如许

清流如许,
踏着春风欢快的节拍,
相伴四季孤与洁。
人生路上皑皑,
霜大肆虐表里澄澈。

葳蕤之光自摧折,
我只负责做好人,
无视时位困厄。

渴望这样的感觉已经很久了。

甚至,仅仅为一个美好的词,一个仙迹难觅的向往。

当我从淡烟疏霾的市中心,来到离市中心不远且略施粉黛的景致之中时,我是心存木然的。

脉脉乌木泉,轻波微澜。

青石环拥,苍苔幽弥。

凉,立即特立独行地穿过早春的暖,撞击我的味觉。

据说,这盈盈之水,含锶,含钙,而且经过有关部门检测,天然,无污染,可直接饮用。

我依然有种隐忧,毕竟记忆中已有数十年未曾饮过生水,果如所言,不会闹肚子?

但确实品尝出了时间的味道,品尝出了辛、甘、情。

而且,担心是多余的。

是的,它是一泓清流。

是渌水澹澹之清流,是成都市新都区清流镇乌木泉的清流。

大雅大俗,润泽禾稼。

记忆中,这是我第二次到新都。

第一次到新都,走马观花,虽知人文美善,却不以为然。

与第一次涉足于此的时间的距离,恍然已是20余年。汗颜的是,至意象美好的这里,竟然是第一次,之前还不知道有这么一个镇,名为清流。

置身其间,春,突然具象起来,从夜的黑滑向昼的白。

凝聚的活力复苏我的渴望。

这是我涉足清流镇的感受。

乌木泉即在清流镇翠云村二组。

清流之名,则源于泉之众,多达四百余眼,纵横流淌,皆为洁水。

乌木泉为其中一眼,由乌木塘蝶变而来。

而乌木塘,则形成于清乾隆年间,原为1000余平方米的泉池,池内泉眼众多,常年清涟曳漾,其水可养育上百亩美稼。由于池内鱼虾众多,村人在捉鱼捕虾拾贝之时,常常摸到乌木,故名。

后因人口繁衍,人多地少,遂填塘造田,以使涌泉改道,但终未堵住全部泉眼,仍有一泉顽强地从覆土下执拗地钻了出来,挡也挡不住。

堵不如疏。后来人们索性因势利导,用石头将泉眼围圈起来,加固形成饮水泉。因为泉中有两根乌木,该泉从此叫乌木泉。

2014年,村民从泉眼附近挖出一根很大的乌木,长数丈,经中国地质大学检验中心碳14测定,其年龄为3200±50年。后被竖立于距此泉不远的一处新修的广场之上,成为乌木泉的又一显著地标。

在清流镇,漾泉司空见惯,不足为奇。但乌木泉在当地百姓的心中,却是一口神奇的泉,一口长寿之泉。

翠云村是远近闻名的"长寿村",百岁老人有数名,年过九旬者屈指不可尽数。

人言,翠云村神奇,能以水增寿。

天地翻覆,乌木过劫沉沙,历数千年沧桑却不腐,吸天地精华遂有灵,因而能辟邪纳福祛疾,水浴而出,咕嘟沸腾,犹若仙汤。

而且,不少乌木"纹如织锦。置一片于地,百步以外,蝇蚋不飞"。

这便是长寿村的秘密?

未免有些牵强和迷信吧。

答曰,当然不是迷信。并引《本草纲目》内容加以证明:乌木,气味甘、咸、平,无毒。取木片研为末,温酒冲服,能解毒,亦治霍乱吐利,还有祛风除湿之功效。

然而,看看《本草纲目》对所论"乌木"的注解:

> 时珍曰,乌木又名文木,南人呼文如,故也。时珍曰:乌木出海南、云南、南番。叶似棕榈。其木漆黑,体重坚致,可为箸及器物……《南方草物状》云:文木树高七八丈,其色正黑,如水牛角,作马鞭,日南有之。《古今注》云:乌文木出波斯……温、括、婺等州亦出之……

由是明白,此"乌木"非彼"乌木"。

乌木泉之乌木又叫阴沉木,经时间历练而不朽者,通常只有青冈、麻柳、香樟、红椿、楠等具有杀菌防虫作用的树种。

而且,并非所有乌木都有香味。只有楠木和香樟木的乌木才有香味,能驱蚊蚋。

也非所有乌木都是黑色的,非所有黑色木料都是乌木。

既如此,便不能将《本草纲目》之"乌木"的药用功效用于隐数千乃至上万年时光之后重现光明之"乌木"身上。

我认为,长寿村之所以能令人长寿,原因不在乌木,而在于乌木泉之清流。

清流者,出淤泥而不染,沉着冷静,不疾不徐,逆俗而行,幽独清深。

未有污染并非妄言。据权威机构检测,乌木泉为偏硅酸泉,偏硅酸含量丰富,亦含微量元素锶,能促进骨基质蛋白的合成和沉淀,提高骨质的机械性能,降低心血管病的发病率,增强免疫力,所以令人少疾长寿。

清流,可饮可浴可增寿,故冶仙风道骨。

虽然第一次到清流镇,对这里的情况完全不知,但之前我是久仰艾芜的。

艾芜(1904—1992),原名汤道耕,中国现当代著名作家。

17岁时,艾芜考入四川省立第一师范学校,后因不满旧制教育、反抗旧式婚姻而离家出走,漂流于中国云南和缅甸、马来西亚等地,其间当过小学教员、杂役和报纸编辑,颠沛途中,两次差点病死。

滞留缅甸期间,他因同情农民暴动,又被英国殖民当局驱逐回国到上海。

28岁那年,热爱文学的他加入了中国左翼作家联盟,并开始发表小说,先后出版了短篇小说集《南国之夜》《南行记》《山中牧歌》《夜景》,中篇小说《春天》《芭蕉谷》,以及散文集《漂泊杂记》等。

艾芜的作品特立独行,内容则大都反映中国西南边疆等底层人民的苦难生活及其自发的反抗斗争,故事传奇,细节丰满,且不失浪漫情怀,因而产生了广泛的影响。

到了新都清流镇我才知道,艾芜的故乡便是翠云村。

为逃避旧式父母之命的婚约而离家出走且南行,艾芜追求的当然是诗和远方的清风,在旧式传统流俗的世界里,逆浊而行,这何尝不是清流?

我在去乌木泉之前,先去的是艾芜的故居,二者相距不远。

艾芜故居是典型的川西四合院民居,直观感受,或者我眼拙,并未发现多大特色。

然而,在这个四合院的正中,却有两棵高约30米、挺直的桤树,格外引人注目。

相传这是童年的艾芜亲手栽下的。

屈指数来,此树已经百龄,宛然沧桑老人。

古代风水学认为"草木郁茂,吉气相随",在庭院种植花草树木具有藏水避风、化解煞气、增旺增吉的功能。

庭院常栽之树有以下几种:

银杏,寓意健康长寿、幸福吉祥、阴阳和合、多子多福。

国槐,庭栽之俗始于先秦,寓意"门前有槐,升官发财",是庭院常栽的特色树种。其枝叶茂密、绿荫如盖,适作庭荫。

植木"三槐九棘",大有来头。《周礼·秋官·朝士》载:"朝士掌建邦外朝之法。左九棘,孤卿大夫位焉,群士在其后;右九棘,公侯伯子男位焉,群吏在其后;面三槐,三公位焉,州长众庶在其后。"

朝廷若此,况百姓乎?由是可见,槐树在众树之中品位最高,镇宅权威。

桂树,象征崇高、美好、吉祥、忠贞、富贵,而且"桂"与"冠"近音,亦为吉木。

玉兰,纯洁、温暖、真挚、高贵。

……

如果不讲风水,那也讲究春可赏花、夏可纳凉、秋可观叶、冬可观枝的实用性。

而且,即便不栽风景树,栽几棵果树也是很好的啊。

艾芜家何以栽种桤木?

其实,这是父辈对艾芜寄寓期望的体现。

因为桤树姿端态庄,材质淡红,纹细质坚,耐水耐瘠,可做桥梁渡人以彼岸、做家具盛装洁物及美好。

桤木除却材用,还可药用,能清热凉血,用治鼻衄、肠炎、痢疾……

桤木与艾芜,何其相似乃尔。

在新都,清流者当然不止艾芜一人。

应该说,王铭章亦是其中一员。

王铭章(1893—1938),字之钟,汉族,新都泰兴场人,抗日民族英雄,国民革命军陆军第41军122师师长。早年参加保路运动和讨伐袁世凯的战争,曾以其秉性正直、骁勇善战而享誉军旅。

王铭章在著名的台儿庄会战中,因誓死保卫滕县(今山东滕州)而牺牲殉国,为台儿庄大捷奠定了基础,后被国民政府追授为陆军上将,是中国军方在抗日战争中牺牲的高级将领之一。

2014年9月,王铭章将军名列中华人民共和国民政部公布的第一批在抗日战争中顽强奋战、为国捐躯的300名著名抗日英烈和英雄群体名录。

面对强寇,誓死战斗到生命最后一刻的王铭章,与在日本侵华战争中不抵抗,临阵脱逃,甚至当上汉奸的那些人比,又何尝不是一股清流?

在新都,早于艾芜与王铭章者,还有杨慎。

滚滚长江东逝水,浪花淘尽英雄。

是非成败转头空。

青山依旧在,几度夕阳红。

白发渔樵江渚上,惯看秋月春风。

一壶浊酒喜相逢。

古今多少事,都付笑谈中。

此词虽意韵深刻了一些,但妇孺皆知。因为这是四大名著之一——《三国演义》的开篇词,也是电视连续剧《三国演义》的主题曲,歌曲自该剧首播之后被传唱至今。

而这阕名叫《临江仙·滚滚长江东逝水》的词,作者便是杨慎。

杨慎(1488—1559),又名杨升庵,明代文学家,四川新都人,能文能词能散曲,亦善论古考证,著述广博,多达百余,传世有《升庵集》。

其实,跟杨升庵这阕如同清流般的《临江仙·滚滚长江东逝水》一样被后世尊崇的,还有他的德养和修为。

明嘉靖三年(1524),时任翰林院修撰的他,因直谏皇上而受廷杖,削官夺爵,并谪守边戍云南永昌。

远离庙堂身处僻远江湖的杨慎并没有沉沦,他在云南度过了三十几年,旅痕处处,每到一地都要与当地的读书人谈诗论道,也因此留下了大量诗篇。名扬天下的《临江仙·滚滚长江东逝水》便作于此间。

多数人读这首词的时候,可能有些悲哀。因为词中明明白白地写着江水不息、青山常在的永恒,人生苍凉转瞬即逝的无奈,还有得过且过的处世哲学,醉卧时光的麻木态度,以及荡气回肠的深远意境。

其实历史兴衰也好,人生沉浮也罢,词意仅是表象,透过表象,我看到的却是作者鄙夷世俗的高洁的情操,和不作偏宕、旷达的胸怀。

历史亦如长江水,或者秋月春风,道是无情却有情,看似有情又无情。

无论有情还是无情,都说明了一个真理,淡泊宁静才是历史最终的流向,所以青山依旧在,几度夕阳红。

因忠信谏诤,遂遭无情打击,但性格不阿的杨慎宁肯终老边疆也要保持节操,保持人格的清澈。

不仅如此,学通古今、中正清亮的他还如一泓碧泉,影响着与他接触的人。

"泉水澄清,浮垢自去,苔污绝迹,温凉适宜。"

这是杨慎题云南安宁温泉的句子。皓镜如斯,纤芥必呈。温凉适宜,掬之可饮……

这哪仅仅是在写一眼泉水?他自己又何尝不是这样的一泓清泉?

……

虽然英雄莫问出处,但新都清流还是渐为世人所知。

行走在春波荡漾的清流镇,我看到了既脱俗也入尘的色彩。

这是含苞带露的梨花编织的风景。

柔软的嫩绿,托起春天的希望和甜蜜的向往。

许是轻寒乍暖,不少梨花才起骨朵。但这不妨碍人们对柳重烟深、雪絮飘飞的向往,因而人们如蝶恋花、蜂追蜜,纷至沓来。

梨花,玉容寂寞,素颜清雅,虽在古诗词里总与微微矜傲的美人相伴相生,但又何尝不是一种清寂的美?也合了清流镇的气息。

一枝春愁,自对黄鹂语。那么一园呢?

一园又一园的梨花,芳姿飒爽淹没了闺怨酒病的惆怅。

香雪淡白,盎然的春,嫩美而娇地挤在梨园里。

一袭袭芬芳浸心脾,一层层高洁醉春风。

是的,当我走过乌木泉,步行不远,又看见了乌木泉旁有一池湖水,说不上名字的动听的小提琴声正从湖池里飘飘而出。

顺着优美的小提琴声望去,我看到湖池中有一叶扁舟,扁舟上有一位着红色连衣裙的长发少女正在拉琴。

娴雅,专注,形容陶然。

春光融融,霓裳融融;和风习习,琴声习习。

春芳飘逸,秀发飘逸;扁舟微漾,池波微漾……

清流慰心,清韵乐心,一种迷离与醺醉的感觉顿然传遍全身。要不是身边有品议之声,我真以为自己在煦阳下梦游。

梨花皎洁心溶溶,乌木池韵淡淡风。

这种意境让我觉得陡地走进了《诗经》之中:"山有苞棣,隰有树檖。未见君子,忧心如醉。如何如何,忘我实多!"

"隰",低湿的地方。"檖",古书上说的一种树,果实像梨而较小,味酸,可以吃。

高高的山上有茂密的唐棣,深深的洼地里生长着如云的山梨。见不着我爱的人儿,忧郁的心如同酒醉迷离。你为什么要这样呀?怎么一点也不想我呢?

一位痴心的女子,焦急地期盼着能见到自己朝思暮想的心上人,然而望穿秋水,等得心碎神伤,也没有盼来心中所属。绝望之时,她心中暗忖,他是不是有了新的相好呀?怎么一点也不想自己呢?

有所感慨,有所爱怜。我好想走过去,宽慰几句,优雅而尽情,"风前欲劝春光住"。

然而,这恐怕也是一种文人的风雅。因为多情早已败无情,更哪堪"春在城南芳草路"。

是的,人不负春春自负,多少时候莫不如此。无奈"梦回人远许多愁,只在梨花风雨处"。

当然,被意境与音乐猛烈撞击的我,也不能免俗地赶忙拿出手机,录下了视频,发至微信中,并写了几句短诗:

　　心醉了一池春水,
　　韵碎了一袭阳光。
　　梨花景海棠风,
　　绚丽的时节,
　　荡漾的魅力开放了。

所幸,这已不是流淌的风情,而是凝华的格律。

因为,清流镇已将乌木泉及湖池等连通,打造成了湿地公园。

自此,乌木泉醉景,四季常青。

清流,是一种形态,更是一种品质。

美丽还在向前。

在清流,在古老的乌木泉旁边,开放的还有热烈且波澜壮阔的金黄。

继续前行,映入眼帘的是一大片一大片的油菜花地。

不,这不是油菜花地,而是油菜花海。

油菜花,这可爱的乡音佳丽,一直是我内心的热恋。

它既高雅贵气,丽照山河,又小家碧玉,身许黎民;既节节攀升,心向蓝天,又情系大地,承接尘缘。

花开时节,能赏心悦目于人的感官与心境;珠实凝成,心血又能升华肴馔,滋味百姓餐桌,滋润枯涩无趣的岁月。

真诚地说,这种司空见惯却又伟大的花儿,其实并非清流镇的特色。

事实上,油菜花已经用自己的美好源源不断地为人类奉献了数千年,也因此赢得文人墨客无数华章锦句颂扬它的伟大、恬静,以及华实之味。

"吹苑野风桃叶碧,压畦春露菜花黄。""沃田桑景晚,平野菜花春。""百亩庭中半是苔,桃花净尽菜花开。种桃道士归何处,前度刘郎今又来。""儿童急走追黄蝶,飞入菜花无处寻。"……

情境融彻,多美!

但清流镇紧邻乌木泉的油菜花,却是别具一格的。因为它与生俱来传承千年的美丽,竟然与音乐——钢琴曲融合在了一起。

油菜花我见过不少,对这种且雅且俗且贵且平,连接朝堂之高与江湖之远,最接近生活的花儿,我从来都只是爱恋、尊敬,同时也感恩。而这里的油菜花却不同以往,它加入了钢琴音乐轻灵飘逸的营养和清新隽永的气质。

远远地,我便听见了《致爱丽丝》。

轻柔婉转,纯朴而亲切。随着音乐缭绕的是这样的意象:一位温柔、美丽的少女,如春花一样散逸着芬芳的魅力,吸引着少年们倾慕的目光。

一位少年,用多情的语言,脉脉地传递着自己的追求,撩拨她的芳心,让她心情明朗欢快,也不时娇莺弱啼地回应,或者发出银铃般的笑声。

是的,钢琴曲演绎着一个打动人心的温婉的故事。

这是音响里放出的钢琴曲吗?

应该是!我想。

其实不是!

优美的钢琴曲来自油菜花花海中一架黑色的真实的三角钢琴。

一个帅气的男子正在用自己灵巧的手指通过钢琴键盘,专注地讲述着贝多芬所写的这个人们耳熟能详的故事。

这太让人震撼了!

从历史深处走来牧歌田园的中国乡村,年复一年沿着时光流动的油菜的青春,竟然融进了西洋钢琴的流韵,而且是那么协调,那么优美。这个创意,姑且叫作创意的话,真的令人始料不及且眼前一亮。

明媚的阳光下,和暖的春风里,粲然的花海中,钢琴师演奏的钢琴曲还有《欢乐颂》《梦中的鸟》《童年的回忆》《思乡曲》……

从乡下奋斗进城并久居城市的人,突然来到万物华荣的春天的乡村,面对美丽而熟悉的风景,闻着清新而又久违的味道,情思难免穿梭在过去与现在之间,唏嘘难已,感慨良多。而当突然听到《童年的回忆》《思乡曲》的时候,乡愁往事与现场实景强烈碰撞,往往会令人在一瞬间便感慨落泪。

钢琴音乐,让油菜花的风景灵动了起来。它不再是单纯的人间风光,田园风景,而是有故事有抒情有配乐的实景大片。

而钢琴演奏者,是音乐制作人、四川省老教授协会钢琴伴奏、青年才俊陈玥燊。

他是被盛情邀请而去的。

对于这样的创意,他也是激情四溢,因而演奏之时忘我而投入。

触摸云端的手,

按下一段段绽开的天籁。

意韵以动词的形式,

步入红尘烟火。

皱褶的心事,

逐渐舒展疼痛的记忆。

时光发芽,

油菜花的风韵排山倒海。

田野里的音律,

在黄金镶嵌的密林里蹁跹。

田野里的钢琴曲,如此美景,与开遍春天以及世界各地的油菜花海景致比,又怎么不是一股清流?

清流,不光是几园梨花几圆月,处处菜花处处金,而且也是桃花粉嫩别致醉春风的。

这些惯于被人吟咏的灼灼娇艳,在炊烟袅袅的村舍前后,竞相绽开。人面桃花趣斗春芳,自成热烈一景。

3月,踩着丽日和风的欢快的节拍,我来到青白江畔的新都清流镇,感受到了不一样的春。

都灌心的清,流淌着这里的雅洁和恬淡,气象绝新。

流满目的新,都春色地令这里芬芳盈溢,天地朗清。

芊芊陌上,一尘不染的梨花雪白地开,这是一种出脱红尘却又生长于土地的高洁;而给大地披金的油菜花,以及容颜羞涩的桃花,则是黎民鸣鸡吠狗茅檐烟火的旺显。

梨花白,菜花黄,桃花粉。

雪白的雅与静,金黄的温与暖,粉红的爱与恋。

这是颜色的本真,是人烟的浓烈,是青春的色彩,是生活的佳肴。

钦仰雅望,让人顿悟这方水土钟灵毓秀。

"玉液珠胶,雪腴霜腻;吹气胜兰,沁入肺腑"。

暖暖春风,脱俗朗心,正是清流如许。

——原发2021年5月7日《光明日报》

中都镇的花季

"向日葵啊向日葵,我为什么总是错过你的花季?"

没有比花季更青春的了。除了青春自己。

斜阳照灼,金碧满山。7月炎炎的夏日里,我来到一片流金的花海之中,享受向上的明艳,拍了一些照片,并流俗地发在自己的微信朋友圈里,写下了如上的一句花语。

这片向日葵的花海,在宜宾市屏山县中都镇的一个名叫龙潭沟的村庄里。

向日葵的花海,不用屈指,亦可罗列数处:广东的百万葵园、郑州的丰乐葵园、北京的向日葵主题公园……除此之外,新疆的向日葵世界、内蒙古的向日葵草原更是大得一望无际。而中都镇的向日葵花海,不过百亩而已。

见过宏阔大海的意韵万千,会为一滴水的体量和熠彩而感慨吗?

当然不会!

那为何又发此微信朋友圈呢?

我感怀的"错过",其实是一种遗憾,一种艳羡。

中都镇悦人心灵的花境,不只有向日葵花海,还有油菜花花海。那同样金灿灿的所在,却是开在春天的风景。

不过,中都镇的油菜花花季,我也是错过的。不是无意错过,而是刻意错过。

汉中盆地是油菜花的故乡,油菜花的天堂,每年花开时节,犹如一片黄色海洋。天地之间百万亩油菜花泼金怒放,直把汉中装缀成巨大的山水盆景。

再有云南罗平,每年3月,漫山遍野的油菜花,气势冠宇,且已经举办了10多届带"国际"字头的油菜花文化旅游节,声名远扬,宣传攻势更是铺天盖地。

中都镇窄窄的油菜花的世界,再怎么做造型,再怎么打扮,又怎么比得过呢?

中都,追逐别人鲜花的芬芳,是东施效颦,还是另有新意?

每个镇都有其如阡陌般细致的历史和明丽的特色,中都亦然,何以妄自菲薄?

中都之所以为中都,传说与成都同"辈",谓"古蜀彝都",《华阳国志》称蜀族之邑都。早在春秋时,就是古蜀国鱼凫王后裔的封地,名"沐道";唐宋时又名"夷都";元时在此置沐川长官司;明初设马湖府,明弘治八年(1495)改土归流,改夷都为中都,为三长官司。

又说,明修故宫,遍寻嘉木,因中都所在地盛产金丝楠木,便伐木以之为建材之一,艰难北运,作建筑宫殿及日后维修之用。"……

皇帝曰:尔往试哉。乃用命入山,以伐材焉,用民力拾取一,给以禀食,而民忻然鼓舞,不知其劳,故事不程督而集工部尚书臣宋礼取材取蜀,得大木于马湖府围以寻尺计者若干,逾寻丈数株,计用万夫力乃可以运……"

明皇圣悦,还赐金丝楠木采伐之山为"神木山"。

中都镇有迹可循的古建筑或文物保护单位还有兴于明弘治初的北方寺,弘治七年(1494)的摩崖造像观音、龙神二龛,比邻有两米金刚坐像及释迦佛、观音、雷祖等神像二十尊的蛟龙寺,建于明正统元年(1436)的楞严寺;明中叶所建文庙,以及回头山字库、高峰村字库、红宝子崖墓;碑刻题记有明嘉靖七年(1528)的海来溪丹霞洞、迎恩桥题记……

在盛夏7月炽烈骄阳的炙烤中,随云贵川文艺家来到这方土地,饕餮时光镌刻的人文风景,我竟陡生"遗憾",大叹"艳羡"。

遗憾自己何以不是中都人,可以伴生或见证,至少会为之自豪,在历史的年代中繁复炫美的花季。艳羡深山里的中都钟灵毓秀,亦如向日葵、油菜花般葩藻竞绽,与华光万道的太阳保持着光耀的关联。

寻悠之路上,偶尔也会暗忖:深山中小小的一个镇,却藏着这么多古迹胜境,又何必要靠向日葵或者油菜花来打扮成入时小妞的模样呢?

某一刻,我恍然有悟,猜度向日葵花海以及油菜花花海的设置,皆如丽颜素髻的女子头上斜插的两朵时尚的花,意在吸引眼球,再在目光的注视下展示其撩人内质。

或许,油菜花、向日葵就是山间女子,天然始终,亲和别致,并久看不厌?

或许,油菜花、向日葵奉献绰约风姿,春事荼蘼之后,依然充满人间烟火?

匠心也好,无奈也罢。

七月末观向日葵,花期已远,似是错过。但我想,我没有错过中都镇的花事,因为中都镇的花事总是春去春归芳华更迭。

在越来越重视古迹旅游与文化旅游的今天,中都镇含苞吐萼恰逢其时,花季正当!

——原发2017年11月17日《四川日报》

与荻港对饮

它其实不是泛指的古镇,它又确实是古镇。

它不单是建筑意义上的古镇,它还是文化意义上的古镇。

一般的古镇是由砖石木瓦构成的,以悠远而斑驳的历史作为令人敬畏的标签。

它也是由砖石木瓦构成的古镇,但它除了有着厚重得令人傲然的历史之外,还是由文化传承构建,有着鲜活生命力的古镇。

南浔区和孚镇荻港,夏日的上午,流水穿镇而过,时光穿镇而过。

樯橹棹歌,与书声唱和,祥和如韵,在心中舞蹈。

清霜醉枫叶,淡月隐芦花。水乡和孚历史悠久,文化底蕴丰厚,生态景观独特。

考古发现,早在新石器时代,就有先人在此安居乐业繁衍生息。

不知道和孚镇的名字是否有什么来历。不过,单就字面的意思解析,还是挺令人亲切的。"和",是"和美"的意思;"孚",是"使人信服"的意思。

和孚"和美得使人信服",可以从荻港古镇看出一斑。

和孚镇地处太湖流域,四面环水、河港纵横,湖山相映,江南水乡资源丰饶、得天独厚。

阅世千年的荻港村位于和孚镇一角,因"依港结村落,芦苇满溪生"而得名,仪态万方如出水芙蓉。

荻港独具特色,集传统民居、连廊街巷、古桥古寺、石桥河埠、水域风光、地方民俗和历史名人于一体,自古还有"苕溪渔隐"的美称。

柳娇花媚的荻港,古朴沉静,傍水而建,枕水而居。

放生池、五孔石梁桥、四面厅台基、吕纯阳像石碑等,诉说着厚重的历史。

三官桥、庙前桥、秀水桥、降兴桥、馀庆桥等 23 座山石桥,与桥路相连的,是章家三瑞堂、吴家礼耕堂、朱家鸿志堂等几十座古堂老宅。

桥畔路侧,老宅之间,是绿房翠盖的荷叶,悦目而又赏心。

渔桑文化、古村落文化、耕读文化、儒商文化、园林文化、古桥文化、宗教文化等多种特色文化,亦如荷花盛开,田田相连,大气而又和谐。

我穿着一件颜色艳丽的花衬衫,随意地走在这方安静、古朴的文化氛围里,原以为会有些格格不入。然而,包容与察雅,使我未感到局促。自己的出现,不过如一朵小花,开在崇尚学习的古宅之中。

其实,水陌阡巷,商集连廊,琳琅满目,兼收并蓄,早已是荻港繁戊的志趣和主题。

进入荻港村后,村头有一戏台。戏台东侧的墙上,写着一首名叫《莽莽芦荻洲》的连谱带词的歌。

这是荻港村村歌:

> 莽莽芦荻洲,纵横水乱流。
>
> 经营几岁月,勾画好田畴。
>
> 渔网缘溪密,人烟近市稠。
>
> ……
>
> 渔池疏凿又菱塘,堤土培高已种桑。
>
> 好兴农人说孝悌,桥南新辟读书堂。

沿戏台东侧继续前行,过一座建于清朝嘉庆年间的长春桥,有一园,名崇文园。

崇文园内,有南苕胜境。

南苕胜境,源于天目山东苕溪,位于荻港东南,始建于元末,兴于清中,景致至佳。

乾隆三十四年(1769),乡人朱南屏出力出资,在元代庞石舟溪隐堂故址重建。9年后,章氏第九世章通翰等人又助资进行拓建:堆山筑阁,莳花种木,并改纯阳楼为吕祖殿,新修云怡堂、积川书塾、读书处、涵养居等建筑,并筑放生池,上架石梁桥,大门悬"南苕胜境"匾额。

清嘉庆年间,湖州知府善庆,以荻港吕祖殿"祷雨祈晴,历著灵验"为由,请浙江巡抚上书奏请嘉庆帝钦赐加封,并得嘉庆帝为吕祖殿御书"玉清赞化"匾额和钦赐"警化孚佑帝君吕纯阳祖师祠"额,南苕胜境自此令人仰视。

晚清著名画家费丹旭游完此地曾写下"自是春寒花信迟,梅花千树雪参差。回廊绕遍阑干曲,却好朦胧月上时"的诗句。

小桥流水,塘荷池鱼,亭台楼阁,青堂瓦舍……进退移步,步步观景。

南苕胜境由外巷埭和内巷埭组成。

荻港外巷埭建筑,紧靠京杭大运河之西线官河,兴于明清,沿河而建的屋下廊街,南北走向,长500多米,进深15米左右。

水路交通兴盛之时,彩云楼、今夜月、泰源堂、百乐堂、正泰店、丝行、鱼行、米行……繁荣地排列着,店铺林立,聚集成市,售卖丝、茶、鱼、米……

廊下是缓缓流淌着的运河水,河面宽阔,船只写意。

容颜润泽,轻波微漾,摇曳着廊檐倒影。

岸边一处处梯形河埠头紧挨着廊边店铺的大门口。

数百年来,河中往来的岂止是船只,更有商贾旅人绢织的繁华。

然韶华易逝。涨落高低路,川平远近沙。

穿行于荻花飘飞的历史,我不仅看到了这里繁荣的商业,也看到了水润的江南文化。

一座座老宅,就像一艘艘穿行在时光之河中的船,驮着霓虹般的丝绸,如茶般回味悠长的往事,驻留在今天的艳阳之下。

缕缕河风,带着悠远的往事,来到我慨叹的心间。我仿佛看到了曾经往来繁茂的丝绸生意,以及由此及彼的江南水乡文化。

在炎炎烈日下徐徐而来,波光潋滟处,飘荡着的是青荷的幽香。

是的,它们或许就像打着油纸伞的淑女,滋润了江南的水乡。

如今,随着陆路交通的发展,外巷埭的商业属性渐渐远去,这里只留下了古旧的街区、曾经的记忆和生活在乡愁里的稀疏的居民。

弯弯曲曲的河道,高高低低的民居,就跟花事荼蘼的景致一样,有了些许远离季节的寂寥。

灰黑白的主色调里偶尔鲜亮地走过来一群人,走在河边街道上张望和拍照者,则是远道而来览胜的游客。

漫读荻港,与时光对饮,彼此沉醉。

兴也河水,废也河水;闹也河水,静也河水。

从古色古香的街景与民风里,感知那些自己没有品尝过的岁月和往事,一点一滴地调味自己的阅历和人生,再现历史的四季和风霜。

被沉寂环绕的荻港,斑驳的往事诉说着京杭大运河的辉煌,和曾经的百姓真实生活的原貌。

楼下,身边的河水依旧浩浩荡荡而来,浩浩荡荡而去;但时光的烙印却深深地印在了"耕读传家,崇文尚礼""知书达礼,诚信待人""崇儒重文,积善行德"的传统里。

透明的阳光照耀着万物,云水在天地间流淌,一念时光,穿过自己心灵的味蕾,酸甜苦辣都在全身传递。

是的,跟其他游客一样,我也深深被震撼,第一次感觉到水乡人文的氤氲,和富足的甜蜜与祥和。

应该说,人少景幽是旅行者的福祉。美丽而又厚重的荻港,就是这样一个令人意趣流连的地方。

外巷埭的西北端,有一座横跨运河的大桥,踽踽而行,于桥面中间,可以览尽沿河而建如同长龙般的古建筑。

跨过这座桥,就到了里巷埭。

外巷埭的繁闹开放与村子里的幽静封闭,以此桥相隔。

繁闹与幽静,至美和合;开放与封闭,恰如其分。

曲径通幽,青荷碧塘,澈水蜿蜒,老宅红尘。

或桥或路,或人或物,都完美地融入江南水乡娴雅的风情画。

里巷埭建于明清,全长600多米,由钞田弄、沈介弄、牛弄等小巷贯穿连接。

小巷弄原住章、朱、吴三大望族,有鸿远堂、礼耕堂等名宅,一河四桥:东岸桥、积善桥、秀水桥、中市桥。两边商铺林立。

荻港历史上曾出现了一批靠经营蚕丝发迹的巨富,其中不乏家产上千万两白银者。

富甲一方,却不奢靡,十分重视文化,是这座江浙雄镇最大的特点。

一座古宅,传一脉人文。

荻港人杰地灵,名贤辈出,自明代起就有"九里三阁老,十里两尚书"的美誉。

在一定程度上来说,这跟有着重教崇文优良传统的章氏家族在园林里设立一家名叫积川书塾的私塾有关。

"积川",字取"土积成山""水积成川",意取"不积跬步,无以至千里;不积小流,无以成江海"。知识的积累来自积少成多,只有日积月累,方能成大川。

在这家并不怎么起眼的私塾的引领之下,仅在清朝200多年时间内,荻港古镇竟出了2位状元,56位进士,200多名太学生、贡生、举人。

乾隆年间,礼部侍郎朱硅督学浙江,游历至此,由衷感叹:"于斯治心讲学,可以挹山川之秀左右逢源矣!"

文脉绵延,浩浩至今。

屈指数来,从荻港走出的全国有影响的地质学家、外交家、教育家、科学家、实业家竟多达80余人,他们在各个领域大显身手,竞绽荻港文化底蕴。

离此不远的名人馆里,展示着众多的荻港名人的事迹。

荻港以桑基鱼塘名声在外,那么桑基鱼塘始于何时?是谁倡导的呢?

是章嘉猷。

章嘉猷,明崇祯丁丑(1637)六月初六生于荻港,是章氏六世祖。

章家早年贩丝至金陵,经营有术,家境殷丰。

章嘉猷乐善好施,康熙戊子己丑年间,旱灾袭湖,流殍载道,他施棺施衣被为之殓埋,同时赈米救灾,救活了方圆十里的百姓。为此,湖州太守章绍圣登门赠诗:"粟悯千家分齿外,肉怜一片剜心头。"

灾后,章嘉猷又率众挖鱼塘种桑树,用石灰黄泥加固塘埂,授范蠡之经,桑柘成林,利济齐民之术。

继而,他又花两千两白银,鸠工庀材,历时五载,改善汀道,铺路二十余里,使进出荻港皆为坦途。

章嘉猷兴修水利、开挖桑基鱼塘之功被后世颂扬至今,他所著《示闬里父老五言诗》"茫茫芦荻洲,纵横水乱流。经营几岁月,勾画好田畴。渔网缘溪密,人烟近市稠。从来生聚后,风俗最殷优",还被今人谱上乐曲,成为荻港村村歌,予以传唱。

著名地质学家、地质教育家、地质科学史专家、中国近代地质学奠基人之一、中国科学史事业的开拓者章鸿钊,1877年3月11日生于荻港西南的三瑞堂,是李四光的老师。

三瑞堂坐北朝南,于清乾隆年间傍水而建,造屋64间,占地3000多平方米,为荻港章氏、吴氏、朱氏三大姓的家族大宅三十六堂中保存最为完好的一座。

章鸿钊1899年考中秀才,在县城当了一年的家庭教师后,考到上海南洋公学东文书院,继而留学日本东京帝国大学地质系,获理学学士学位。

留日归来后,章鸿钊历任中华民国临时政府实业部矿务司地质科科长、北洋政府农林部技正、北京高等师范学校博物系讲师、北京大学地质学系教授、中国地质学会会长、中国地质工作计划指导委员会顾问……

章荣初,1901年生于荻港村。其父章清儒经营同丰祥丝行,热衷行善,时舍衣米,受惠者达200多户。

耳濡目染,章荣初也有一颗善良之心,坚守"与其积财予子孙,不如积德予子孙"的人生信条。

1931年,菱湖遭遇特大水灾,灾民甚众,于是他无偿开办四处粥厂,并在华大绸布店义卖60天,全部资金用于捐助粥厂,救济灾民。

1933年,菱湖又遭特大旱灾,农田急需送水救秧,章荣初立即置办抽水机,组织抗旱,挽救农田31300多亩,村民感恩,送"惠我群农"匾额与他。

1946年10月,章荣初在上海成立菱湖建设协会,之后在菱湖镇创办缫丝厂、化学厂,兴办学校、医院,修筑道路桥梁等。同时,他还在农村建立合作社,倡导科学养蚕养鱼。

另一位值得一提的人是金融家朱五楼。

1861年出生的朱五楼,祖籍荻港村,系上海钱业公会首任会长。

荻港三十六堂之一的鸿志堂,便是朱五楼于清朝年间修建的。

朱五楼虽人在上海,却心系荻港,先后出资在家乡开办公司,组建渔业合作社,为荻港渔业的发展做出了积极贡献。

朱五楼十分爱国,重视教育,重视农桑救国,不仅出资为民兴业,还支持孙中山的革命事业,发动罢市支持"五四运动",抵制外国货币的流通。

国民党要员陈果夫是其女婿。

……

在荻港,文化是兼收并蓄的,所以从这里走出去的人才为各行业翘楚。

不仅如此,关于宗教信仰,在荻港也凸现着包容。

演教寺,距今已有千余年历史,始建于唐后周显德二年(955),初名兴福院,北宋建隆元年(960)重建,于治平二年(1065)改名演教禅寺,千百年来随历史兴衰,屡有毁建。

该寺占地达二十亩,规模宏大,曾是浙北佛教中心。

荻港的宗教文化很有特点,是"佛道一家"的。

这样的融合始于吴越王时期。

时年北方战乱,南下的达官显贵中不少人隐居于此。吴越王采纳高僧延寿提出的儒、释、道三教合一的思想,在荻港进行了如斯试点:于寺内设置了天皇殿、大雄宝殿、总管堂、财神阁、观音殿、南堂文君等。

……

清涟之上,或莲或菱,环绕荻港古镇的,是纵横的河渠,是河渠画出的别具一格的江南水墨画,是智慧与生态结晶的桑基鱼塘,是多少水乡的美丽的青少年。

每一朵莲的轻盈,每一片桑叶的婆娑,每一个池塘的清澈,都如一曲奇妙的歌谣,一壶甘醇的老酒,勾起游人对美好往事的回忆。

如同与荻港对饮,美好也让我的心情穿上羽衣,飞翔在故乡的天空。

我不是水乡人,但我在轻柔的水乡世界里,也找到了厚重而快乐的心灵风景,见识了重重包裹古宅的故事。

因为我的老家南充被誉为丝绸之城,"天上取样人间织,满城皆闻机杼声"。我在青少年时期也栽桑养蚕,因而荻港水墨画里的每一条路,都能引领我走进植入灵魂的乡愁。

是的,名人的童年,先贤的童年,朝代的童年,还有我们的童年,都缩写在这里。

无论经历战火、沧桑,还是暴风骤雨,一种美好的热爱都蜿蜒地流淌,在这方土地上回旋、沉积,杨柳轻风,花雨佳颜。

改革开放并不是古镇风貌的冬季。

荻港在迅猛地发展经济的同时,十分注重古建筑的保护。

2014年春,国家住建部和国家文物局公布了第六批全国历史文化名镇名村名单,南浔区和孚镇荻港村、安吉县鄣吴镇鄣吴村榜上有名。

除此,荻港还先后获得了"全国文明村","中国传统古村落""中国历史文化名村""中国最美休闲乡村""中国十大魅力名镇""中国历史文化名镇"等50余种国家级、省市级荣誉。

如今的荻港古镇,是国家AAAAA级旅游景区,正按照"产业兴旺、生态宜居、乡风文明、治理有效、生活富裕"的目标发展。

老舍之子舒乙游荻港后,不吝赞誉:"最好的江南小镇。"

其实在和孚,古宅并非全在荻港。

钟飞滨旧宅便位于和孚镇中心,该建筑为清末所建。旧宅南为民居,东为利济桥、青云桥,西北为五旺桥,北临袁家港,旧宅占地约3800平方米。

袁家汇古镇也有特色。小桥流水、回廊曲巷,可与周庄、乌镇媲美。

在南浔区,不止和孚,不止荻港。

以南浔古镇为例,便有闻名遐迩的江南园林小莲庄、著名私家藏书楼嘉业堂、明清水乡建筑百间楼、江南第一巨宅张石铭故居等。

南浔古镇名胜古迹众多,与自然风光和谐一体,既充满着浓郁的历史文化底蕴和灵气,又洋溢着江南水乡诗画一般的神韵,而欧陆情调与江南古风的结合,更是使古镇的魅力得到了延伸,内涵得到了拓展。

曾读过一首诗,美美的,无论是意境还是文辞,因此现在尚能记得:

> 百里溪流见底清,苔花蘋叶雨新晴。
>
> 南浔贾客舟中市,西塞人家水上耕。
>
> 岸转青山红树近,湖摇碧浪白鸥明。
>
> 棹歌谁唱弯弯月,仿佛吴侬《子夜》声。

这首名叫《湖州道中》的诗歌是元代诗人韩奕的诗作。

自此,南浔便让我产生了向往。

查阅资料得知,南浔建镇至今已有750多年。

南浔地处苏、杭、嘉、湖的中心点上,素为"水陆要冲之地",且"耕桑之富,甲于浙右"。因有浔溪河贯穿其中,渐渐成驿,南宋时期便得地名"浔溪"。后又因浔溪之南商贾成聚,商号林立,又有了"南林"的地名,意即浔溪之南热闹之处。

林者,众也。《汉典》中"林"有一个解释是"泛指人或事物的会聚,汇集处"。比如司马迁《报任安书》"仆有此五者,然后可以托于世,而列于君子之林矣";又如"游文章之林府,嘉丽藻之彬彬"(林府,事物众多之处)。汉朝班固《典引》载"是时圣上……屡访群儒,谕咨故老,与之斟酌道德之渊源,看核仁谊之林薮"(林薮,比喻事物聚集的处所)……

南宋淳祐十二年(1252),官方想在这一片富庶之地建镇,为了突出地域特色,便在"南林"和"浔溪"两名中各取首字,组成"南浔"。自此,历数百年,沿用至今。

关于南浔,之前,我了解浅薄,却与之有着冥冥中的缘分,也油然地生出了感情。

作为将文学爱好植入骨髓者,当然知道著名作家徐迟,他的报告文学作品《哥德巴赫猜想》,犹如改革开放的报春花,不仅唤来了科学的春天,其影响力也深及改革开放的进程。

关注这部作品,屋乌推爱,从而知道徐迟是南浔人。

后来,受中宣部和中国作家协会指派,我前往中国商用飞机有限责任公司采写我国自己研制的大型客机C919时,从运-10副总设计师程不时的口中,又得知一位名叫徐舜寿的飞机设计师。

1917年8月21日出生的徐舜寿,是我国第一代飞机设计师,第一架飞机设计的领导者和参与者,曾任西安大型飞机设计研究所副所长、所长兼总设计师。他曾创建了新中国第一个飞机设计室,主持、组织或亲自设计的飞机有歼教-1、初教-6、强-5、歼-6、轰-6、运-7,是中国航空学会第一届理事,被授予中国人民解放军技术上校军衔。

徐舜寿不仅培养了中国的飞机设计师队伍,其白手起家、独立自主、自我创新的科学精神,还影响了几代飞机设计师,因而被誉为

"中国飞机设计制造的奠基人"。

是的,这个徐舜寿也是南浔人,而且还是徐迟的亲弟弟。

这便是我与南浔冥冥之中的缘分。

之前知道浔阳,关于浔阳的诗词也挺多的。"浔阳江头夜送客,枫叶荻花秋瑟瑟。主人下马客在船,举酒欲饮无管弦。"白居易《琵琶行》中的诗句更是耳熟能详。

南浔是浔阳在时间长河中曾经有过的另一个名称吗?或者说,南浔是紧挨着浔阳的吗?

一看地图,才知道二者相距千里:一个在江西省,是如今的九江市;一个在浙江省,是今天湖州市的一个区。

南浔素有"鱼米之乡""丝绸之府"之美誉。

自南宋起,南浔便商贾云集,经济繁荣。在1851年的伦敦世博会上,产自南浔的湖丝作为代表中国参展的唯一产品,一举摘得金、银奖牌各一枚。1915年,也是出自南浔的湖丝,曾与产自贵州的茅台酒,同获巴拿马国际博览会金奖。

南浔钟灵毓秀,物华天宝,不仅拥有名甲天下的辑里湖丝、"文房四宝"之一的善琏湖笔、"轻如朝雾、薄似蝉羽"的东方工艺之花双林绫绢、全国著名的菱湖淡水鱼养殖和最大的木地板生产基地,并享有"中国湖笔之都""中国古桥保存最集中的地区""江南六大古镇之首"之美誉。

浔阳与南浔虽然区位不同,但二者相同的不仅是有同一个

"浔"字,同居"水体边缘",还有同样深厚的文化传承和宜人风景。

我曾写了国内第一部反映中国探月工程的长篇报告文学作品《嫦娥揽月》,而南浔当地传说,后羿射日及嫦娥飞升故地,便在该区菱湖镇的射日村。

这也不能说不是一种缘分。

透过平静流淌的运河的水,在岁月的春夏秋冬里,我看见了书画之乡耀眼的光芒,看到了南来北往文人墨客的风雅,看到了亦渔亦商亦耕亦读的美好。

改革开放以来,全国发生了巨大变化,南浔也一样,荻港也一样。

不一样的是,南浔在发展经济的同时,仍注重对古镇老宅的保护,使得古镇在经济建设的大潮中保持着它的宁静和光华。

在市场经济体制之下,古镇老宅不仅占地,还不赢利,君不见多少城市的发展就是以牺牲老宅为代价营造的泡沫卖楼经济吗?南浔为什么要将老宅保护下来呢?

其实,保护老宅并非仅仅是保护那些建筑,更是在保护一种耕读传家的美德,一种再富也不能缺失文化的精神。

因为古镇老宅是文脉传承的鲜活载体。

千年践证,传统文化就是无价之宝!

——原载2018年10月27日《人民日报》(海外版),原题为《漫读荻港》。

玉林街深景

分别总是在九月,回忆是思念的愁。
深秋嫩绿的垂柳,亲吻着我额头。
在那座阴雨的小城里,我从未忘记你。
成都,带不走的,只有你。

和我在成都的街头走一走,
直到所有的灯都熄灭了也不停留,
你会挽着我的衣袖,我会把手揣进裤兜,
走到玉林路的尽头,坐在小酒馆的门口……

这是北京歌手赵雷一首名叫《成都》的流行歌曲的歌词。

这首旋律优美的歌,唱出了成都的魅力,因歌词中嵌入了玉林路,从而使不到3平方公里的玉林街区成了"网红"。不仅使成都市民接踵而至,还纷纷被为之点赞的人写进旅游攻略,使远道而来成都者,将之作为必游之地。

你肯定想不到,仅2018年春节,便有大约10万名背包客慕名而来,寻街问道,留影留情。

玉林路到底有何魅力,有何姿容,能够打动赵雷这个来自首都的"蓉漂",驻留于此,经年才去,并作歌吟哦,传唱天下?

盛夏时节,我又一次走进玉林街区,记忆中的影像完全被眼前的视觉颠覆。

灿烂的阳光下,斑驳时间里的玉林老街小巷是那么光鲜。这片因为一首歌而名扬天下的街区,其美丽并非那句抒情的歌词所能表达。

更准确的表述是:玉林街区非同一般的魅力,成就了流行天下的《成都》。

亮丽的玉林街区,给我的强烈冲击,是一种豁然洞开的境界。视野之内,与别的街区相比,完全不一样,到处都是触动内心的感动点。

美食对人类来说,既是一种直接表达的幸福,也是一种强有力的回味和割舍不下的情愫。

人们向往成都,除了因为成都是旅游城市和已保持了多年的卫生城市之外,还因为成都是味蕾的最佳呵护地和不离不弃的厮守者。

所谓食在四川,味在成都。

独孤求败的美食天堂,成都,没人怀疑其美食之都的榜首位置。

而玉林街区,美食绵延,是当之无愧的成都厨房。

每一次走进玉林街区,都意味着又一种有别于他处的美好生活的开启。

在这里,你可千万别打听美食的去处,被问者会很难作答。

因为要回答这道题,工程量实在太大,答案差不多是一本书的内容……

一家接一家具有独门烹调绝活的餐饮店,像排兵布阵般地延伸。走进玉林街区,遭遇美食,你会迷茫甚至后悔。令人垂涎欲滴的美味,会让你迷失矜持的养生态度,打乱你坚如磐石的减肥计划。

食材依然是那么普通和司空见惯,但菜肴却是那么令人齿颊留香。

这看似不可理喻,其实不难理解:要在美食如林、竞争激烈如同战场的玉林街区经营餐饮,你不拿出独门烹调绝活以打动客人的胃,留住客人的心,那你就根本生存不下去。

柔辣香芬而不暴躁,滋味华实又回味悠长。火锅,是成都美食文化的象征和标配之一。

热烈而又耿直的火锅,在市井烟火中风光,或香辣适中,或鸳鸯和睦。即便是白锅,也散发出独特超逸的气质。

当然火锅吸引人之处,不仅仅在于飘香四溢沸腾如海的锅底,更在于蘸碟调味的细枝末节。

在这里,当你想自配一个味碟的时候,你会猝不及防大惊失色地遭遇香油、辣椒油、花椒油、油酥花生、鱼皮花生、酒鬼花生、炒黄豆、红葡萄干、紫葡萄干、青葡萄干、黄葡萄干、花生碎、芝麻碎、蚝油、蒜末、葱末、姜末、红椒末、青椒末、香菜碎、韭菜碎、腐乳酱、香辣酱、芝麻酱、韭菜酱、豆豉酱、极鲜酱油、香醋、调味香盐等调料。

不过,力量如此强大的味道阵营还让你调和不出一个美味的蘸碟,那真的不是别人的错。

被文化与历史包围的钵钵鸡,一路从乐山走来。以红黄相间的瓷质龙纹土陶钵钵盛放去骨鸡片,配以十几种佐料调味,食之皮脆肉嫩,麻辣鲜香,甜咸适中,那真是让人胃口大开。

串串香,一种诞生于成都的美食,仅看其名就很小资。

外地人第一次接触串串香,总觉得太小气,而且觉得叫香串串更顺口。

其实,香串串与串串香境界大有不同,文化内涵也迥然有异:"香串串",可能要经过挑拣才能达到"香"的程度;"串串香",哪用挑拣?每一串都是"香"的!

这就是成都美食的境界,玉林街区美食的境界——这里的美食不是要经过挑拣之后才称为美食,而是随便哪家餐饮店烹制的食品都是美食。

或荤或素,或刚或柔的食材,三五成群地以竹签为核心串起,经过在沸腾的火锅汤料里的淬炼,几分钟后便蝶变升华为香气扑鼻的美食……

麻辣鲜香,如激情而又青春的美女,这是串串香的属性。

而成都的串串香,最有名的就要数玉林串串香了。

20世纪90年代,玉林街区的肖德云将原成都街头巷尾的手提"麻辣烫"引入座堂,结合火锅的特性,首创了"串串香",并在玉林小区开办了第一家"串串香"火锅店,取名"玉林串串香"。

从玉林街区走出去的"玉林串串香",现今在全国各地开花,早已成了明星,且拥有无数"粉丝"。

那么位于玉林街区的总店呢?

不要说吃一口,远道而来的你想要与之合个影留念一下,也得排好长的队才行。

要想吃玉林串串香总店的串串,那得排更长的队。

玉林街区流行全国的美食,当然还不止这些,还有鲜椒兔、藿香鱼、酸萝卜老鸭汤、麻辣干锅、滋味烤鱼……

走进玉林街区,浓郁的美食之味飘来荡去,如同一根根无形的绳索,牵挂着路人的心。

令人大快朵颐、唇齿留香的玉林美食,贵吗?

玉林街区的美食不是玉盘珍馐,其最大特点就是好吃不贵。它远离皇城,生于街巷,亲近江湖,因而其性绵柔。不装不伪不假不贵,是其一尘不染的特色。

玉林街区的美食选择是多元化的,低者可以是一元钱一个的蛋烘糕。

即便只需一元钱,烹调师也从不敷衍和随意,都有芽菜、辣酱、麻酱、草莓酱、奶油等十多种风味可供选择。

没错!初来乍到成都玉林,哪怕只买个令人垂涎欲滴的蛋烘糕,也会让你因害怕顾此失彼而为难得无所适从,且恨不能全部味道都来一遍。

可是,你又不是饕餮,有这么大的"肚量"吗?

喜爱美好的东西,是本性使然。

玉林街区有的,不仅仅是寄寓情愫的小酒馆,不仅仅是令人垂涎三尺的美食,还有触碰心弦的艺术,以及传说中的诗与远方。

文艺是居民生活必不可缺少的营养。

在20世纪80年代,成都玉林曾因基础设施健全、配套服务完善而成为成都最时尚和最令人羡慕的街区。

但光阴流逝,羡慕远离,曾经的时尚渐次落尘,昔日的美好栖居地变成了老旧院落。77条20米、16米、9米到6米宽度不等的街巷,被嘲讽为"老房老院子、小街小巷子、沿街一溜小铺子"。

文物越老越值钱,街巷却越老越破败。玉林街道办事处的管理者们决定赋予街区活力。

可是如何给颓败陈旧的街巷换上受人欢迎,亲近且与时代接轨的新颜?怎样带动居民们发自内心地共同参与建设与保护自己的生活环境?

精神家园的建设,当真正建设在居民的精神之上,让居民乐在其间,并寻找和书写故事。

花,人所共爱。

成都是一座与花有关的城市,百花争芳,重重叠叠,"花重锦官城"。

因而,玉林街道2017年开始启动"花开玉林"的工程,其重要内容便是让花草爬上墙头,彩绘跃上墙面。

要彩绘墙体,当然需要成本。除了一些较宽、较长的街巷墙面由街道党工委和社区居委会负责外,很多小巷子的墙面彩绘都是社区居民通过认领完成的。

盛开在墙上的彩绘,并非像其他城市艺术家们那般随意涂鸦,而是匠心为之。

"花开玉林"力求精致:每一条街都要明确主题,芙蓉文化、音乐文化、慢生活文化、书信文化、成都记忆文化……每一条巷的打造都要与整个街区的主题相契合。

《格林童话》里青蛙王子的故事插图,童话电影《美女与野兽》里的精彩画面,动画片《疯狂动物城》里的相关"人物",《这个杀手不太冷》里的温情角色……

一簇绽放的鲜花,一辆复古的火车,一个传说中的人物,一个妙趣的卡通形象……每一个彩绘无论是整体还是细节,都极为讲究。

成都,别名蓉城。据载,五代后蜀皇帝孟昶偏爱芙蓉花,命百姓在城墙上遍植芙蓉树,以至于花开时节,"四十里为锦秀",故得此名。

芙蓉又名拒霜花、木莲,原产中国,花大色丽,爱之者众。

在中国五千年的文化历史中,与"芙蓉"有关的文字俯拾皆是,文人墨客更是多有书写。

苏轼《和陈述古拒霜花》赞芙蓉品性高洁,"千林扫作一番黄,只有芙蓉独自芳。唤作拒霜知未称,细思却是最宜霜";白居易《画木莲花图寄元郎中》喻芙蓉艳如牡丹,"花房腻似红莲朵,艳色鲜如紫牡丹。唯有诗人能解爱,丹青写出与君看";王安石《木芙蓉》誉芙蓉为带醉梳妆的美人,"水边无数木芙蓉,露染胭脂色未浓。正似美人初醉著,强抬青镜欲妆慵";陆游的《拒霜》颂芙蓉有脱俗傲骨,"满庭黄叶舞西风,天地方收肃杀功。何事独蒙青女力,墙头催放数苞红"……

芙蓉花开于万花萎落的夏季,乃秋之最佳容颜,并次第绽放到秋色至深之时,才结束花期,因而木芙蓉被视为花中凌霜傲寒的高洁之士。

又因芙蓉明艳清丽,美姿雅质,独冠群芳,人面花影,相映益妍,常被骚人墨客用来表达对丽质女子的赞美和欣赏。

因光照强度不同,芙蓉花花瓣内花青素的浓度也会随之产生变化:晨晖映照,朝露润泽,花颜如雪,或豆蔻春初,娇嫩若少女,纯洁而一尘不染;时近中午,它又在灿烂中和美地变为淡粉红色,风姿绰约,成熟如美妇,光彩照人;到日暮黄昏,它又转为深粉红色,富贵大气,与夕阳同辉,幸福陶醉……

所以芙蓉被称为"三醉花"。

芙蓉花之所以人见人爱,一是因为它美艳无比,常令人流连忘返;二是因为它不畏严寒,坚贞不屈。

虽然芙蓉花的生命周期只有一天,早晨开放,到晚上就凋谢了,却是美丽而圆满的。因而芙蓉花是爱情之花、婚姻之花,代表贞洁,象征高尚、吉祥、美满、团圆。其花语是平凡中的高洁、热爱中的美丽、时光中的忠贞,和自始至终的圆满。

既然芙蓉是爱情之花、婚姻之花,而芙蓉又是成都的市花,那为何不将那些大家所熟悉的、喜欢的、与爱有关的经典故事、传说、电影桥段挑选出来,集中绘制在墙上?

这其实也是一种成都元素的集中再现,和生活愿景的美好寄托。

这条小街也从默默无闻瞬间变得远近闻名,且有了一个崭新、青春又富含想象力的名字,叫"爱转角"特色生活街区。

爱转角定格了《大话西游》中"至尊宝"和"紫霞仙子"的经典故事,也是2017年年度优秀爱情电影《前任3:再见前任》的结局拍摄地之一,片中主人公林佳和孟云的过往,缠绵与疏离,一帧帧留在玉林街……古今中外的经典爱情故事被画在墙上,市民总能从中找到一个触碰内心的感动点。

"天涯地角有穷时,只有相思无尽处。"对爱情入骨相思,对玉林街也入骨相思,这儿俨然成了祈愿百年好合的人为爱情打卡的地方。

一墙花开,一世深情。为浪漫为爱情为新奇,游人纷至。有人相信,在成都玉林街区,不仅可以欣逢明媚春风自来,也许还能在转角处偶遇深爱自己一世的人,与自己相扶相携地撑起未来的全世界。

因而,浪漫的故事在墙上浮现,心灵的共振在现实中发生,动人的桥段却可能在眼前上演。

这大概就是最朴素最真实的玉林街区,从未遗失过美好,也一直在创造美好。

傻傻不失优雅,呆萌却也拉风。

当下文化传播的主力军是90后、00后的新生代们,如何将20世纪八九十年代修造起来的老玉林街巷打造成年轻人所喜爱的艺术化的街区,无疑是一次大胆而成功的尝试。

这样做有两个作用:一是把社区建设得更有文化氛围;二是用文化的方式去吸引居民的眼球和心灵。

一座城市,最令人头痛的,莫过于铺天盖地的"牛皮癣"广告。但有一个社区,整洁漂亮的墙壁上,却没有"牛皮癣",有的只是画在墙上的花卉、人物、卡通形象、风景……

这个社区是24小时不休不眠三步一岗五步一哨派专人守护墙

壁的鲜亮,以防小商小贩偷贴"牛皮癣"吗?

并非如此。

只因为这里的街景太漂亮了,即使是贴"牛皮癣"者也不忍心贴那些小广告,怕破坏了令人赏心悦目的美丽。

对,说的就是成都市玉林街区。

游客们在拍照留念,以及观赏街景的过程中,惊异地发现玉林街区的墙上,竟然几乎见不到"牛皮癣"广告。

别的城市往往出现这样的情景:环卫工人一手拿着一个铲子,一手拿着一瓶水,喷一下水,然后用铲子去铲"牛皮癣"。

相似的一幕,也出现在过去时光中的玉林街区。有时候,看到贴小广告的人,忍无可忍之时,也会将之抓过来,进行一番教训后再放人。然而奇招绝招用尽,"牛皮癣"依然顽强"生长",无法斩草除根。

如何带动居民们深度参与街巷整治工作,建设美好家园?在"牛皮癣"小广告消失之前,玉林街道办事处的管理者们也为之苦恼不堪,但经过深层次的思考,觉得除非将居民们的美好家园变成其精神家园,否则居民们参与的积极性不会太高。

现在,看到街区建设得如同自家厅堂一样,居民们不由得感慨:我们的生活环境原来可以这么有艺术范,这么漂亮,这么整洁!

偶尔过往、涉足于此的市民,或者根据旅游攻略指引迢迢而来的外地人,都会被玉林的生活美学所感染,惊叹于这里触碰灵魂的情怀。

在这里不仅可以邂逅春熙路、宽窄巷子及锦里的热闹,更能收获别具一格的韵致。

美好就在眼前,美好属于自己,谁还舍得将之弄脏,弄乱?居民们当然都自觉维护,这毕竟是一种荣耀。

即便是慕名而来者,也都会在由衷感叹之余,油然而生"怜香惜玉"之情。

而对做生意的人来说,美丽的街景则是他们的"印钞机":如织的人流,除了在玉林街区不同的"景点"拍照以外,还会产生相应的消费,他们当然会自觉维护这份美好。

街景如此艺术,玉林东路社区居委会,也别具一格。

这是一幢三层楼的建筑。

门前摆放着一排整齐划一盛着泥土生长着植物的长方形"花圃",每个"花圃"的面积约1平方米。

这些"花圃"不是花圃,而是小菜园。

这些小菜园是用木头盒子装上泥土,里面种上了不同种类的粮食蔬菜,它们或盎然或努力或精疲力竭地生长着。

想到居住在城市中心的孩子们远离农村生活,不知稼穑之事,却又渴望了解,玉林东路居委会有了一个点子:利用有限的环境,打造都市里的"村庄",在网上搞了一个投票活动。如果哪位居民觉得这个点子可行,便点一个赞,但点赞的同时,为这个活动捐1.5元钱……期望以众筹的方式让点子变成现实。

结果这个活动收获了1330个居民的点赞,加上线下居民捐的600多元钱,众筹到了2600多元钱。于是居委会便买来了格子一样的木质盒子,运来肥沃的泥土,在玉林东路居委会办公楼前面的街边建成了排成一行的小菜园。他们又在网上发布帖子,招募对农事感兴趣的家庭认养。认养费非常便宜,每个季度只需交15元认养费给社区基金就行了。

小菜园园主,可以为其菜园取一个自己喜欢的名字,挂上铭牌;也可以自己决定在菜园里种粮食还是蔬菜,以及所种植的粮食或蔬菜的种类。

虽然每个小菜园的面积仅约1平方米,所种的粮食蔬菜极为有限,但是却让孩子们找到了回归田园的意韵,收获了别具一格的童趣。通过小菜园,他们不仅知道了春种秋收的不易,观察到了庄稼发芽生长、开花结果的过程,了解到了蔬菜粮食的味道与付出的汗水之间的关联,而且通过情感的寄托提升了责任感,对勤劳含义苦乐含义,付出与得到的辩证关系,对邻里协作创造与保护美好环境有了充分认识。

小菜园里所种的蔬菜包括苦瓜、藿香、空心菜、辣椒、红苕、秋葵等容易生长的农作物。蔬菜收获之后,居委会食堂的厨师还可以免费教孩子用自己种植的蔬菜烹制食物……

每个认养小菜园的家庭都有其认养的故事,每个故事背后都是认知与责任,感动与成长。

故事最有吸引力,故事也最易打动人。

为了收集并联通百姓的故事,在玉林东路居委会大楼的一楼,还建了一个特殊的博物馆。

博物馆给人的印象往往都是"高大上",博物馆里陈设的"物",不仅符合"物以稀为贵"的法则,也具有极强的标志性或极深的年代感,不是名品,就是古董。

但玉林东路居委会的这家博物馆陈列的,却是居民家中最有故事的东西,也许在今天看来不怎么值钱,却记载了一个人,或者一个家庭的悲欢离合与酸甜苦辣。

是的,这是一家生活博物馆。

走进生活博物馆的客厅,可见一张普通的桌子上摆着一台十六开杂志大小的红旗牌老式收音机,收音机原本洁白的塑料外壳已经泛黄,且覆盖上了岁月的包浆。喇叭外呈窗格状的塑料间隙里,还被时光涂抹上了炊烟的油尘。

这台收音机是一位姓王的老师捐赠的。这台收音机见证了她的青春、爱情和文娱欢乐。

这台收音机的家庭故事起始于1969年,是当时在甘肃文县支援三线建设的她与丈夫的结婚纪念物,时价160多元。

这在当时,算得上是天价了。当时她每月的工资才32元钱。

颇为波折的是,为了让自己的婚礼显得阔气且更有意义,在积蓄不够买这台收音机的情况下,她的婚礼还因此推迟了两个月。

20世纪80年代初,她家搬到温江,被视为命根子的这台收音机,也跟着她跋山涉水一路颠簸。

后来,她和小姐妹成了邓丽君的歌迷,但要听邓丽君的歌曲,只能收听台湾电台。可那个年代台湾电台是敌台,若收听,罪莫大焉。

怕人知道,她们只得偷偷在晚上进行。

于是每天半夜时分,她家都会响起敲门声。开门后,一帮小姐妹鬼鬼祟祟鱼贯而入,就像做贼……

发生在这台收音机身上的故事,几乎可以说是王老师的婚姻家庭的故事。或者说,这台收音机见证了王老师的婚姻家庭故事,以及生活的变迁、时代的变迁。

在同一张桌子上,紧挨着那台收音机的,是一台只有12英寸的老式黑白电视机。这台电视机,同样满身都是岁月雕刻的斑驳。

这台成都牌黑白电视机,是成都无线电一厂生产的。

成都无线电一厂,曾是我国西南地区最早生产电视机的厂家,在20世纪70年代末80年代初,该厂年产70多万台电视机,曾令成都人自豪不已。

但随着科技的进步,这家国营老厂最终因技术未能跟进,消失在了历史的长河之中。

而该厂所在的成都市一环路南三段22号,后来变成了成都电脑城的一部分，集中了一大批学计算机、销售电脑的年轻人，并成就了无数个百万富翁、千万富翁。

而当网络销售渐渐取代电脑的实体销售之后，这个曾经喧嚣的地段，又再次变得沉寂起来，并等待又一次蝶变……

虽然成都无线电一厂早已湮没在了时间的河流之中，但是这台面容憔悴沉闷的灰色的旧电视机，却见证了其曾经的辉煌。这台电视机，也能唤醒人们的记忆，以及曾经感染人心的奋斗和城市自豪。

在博物馆客厅里，还有一辆红色的法拉利赛车模型。这是玉林街2号院一位胡姓老人捐赠的。这辆赛车模型不过13英寸笔记本电脑那么大，看上去造型还略显简陋。却少有人想到，这是一台录像带倒带机，而且当年价格不菲，一般人还买不起……

类似的老物件还有飞人牌缝纫机、永久牌自行车、上海牌手表……

这些时间并不久远的物件，不仅承载了一个个家庭的记忆，情感的记忆，也见证了玉林街区的发展。因为每件东西背后都有一段故事，观者能够在参观之时由此及己，唤醒老者曾经的记忆，浮现逝去的时光，让年轻人了解到老一辈人曾经的生活、情感。

文化需要呵护，需要传扬。毫无疑问，文化也是一种惠民之物。可是如何让居民感到文化能够惠及自己呢？这就值得思考了。

文化从生活当中来，所以文化惠民的最佳方式便应该是使文化回归到生活当中去，跟生活相结合，这样的文化才能真正令人感到亲切,触动内心,并得以传播。

生活博物馆是玉林社区对文化惠民进行的一种冒险性尝试。

生活博物馆与社区博物馆是大不一样的。如果是社区博物馆,它是玉林社区建立的,就要代表玉林街区,代表成都,所陈列的物品也得有地域性、文物性、历史性和厚重性——只有这样才能彰显玉林街区历史源远流长,文化底蕴深厚。

但生活博物馆没必要这么高大上,它只代表生活,代表情感,代表故事,代表所有观展人的心灵共鸣。

尝试是小心翼翼的,收获却是令人惊喜的。

在生活博物馆,既看得见乡愁,还看得见人,看得见生活,看得见历史的脉络……

其实,与其说这是生活博物馆,不如说这是人类学博物馆。

玉林街区的管理者的管理方法是将环境美学与市民的生活美学相结合,用美学与故事去打动人,感化人,激发人内心的热爱,以及情感的认同,责任感的增加,还有热爱的付出。

生活博物馆浓缩着往事,书写着现在,连接着未来。

在玉林街区,生活博物馆只是其一。九曲连环的街巷里,还有蜀绣、川菜、剪纸博物馆等10个微型博物馆。这些博物馆不仅打通了历史、记忆、生活、情感、志趣的关联,还打通了人心,打通了街区生态与外面世界的任督二脉,成为居民们的骄傲和对来客们的吸引力。

玉林东路居委会办公楼一楼是生活博物馆,以及工作人员工作的场地,而二楼、三楼,则是供居民文娱免费使用的场地,唱歌、跳舞、书法、绘画、棋艺……无论是上午、下午还是晚上,每间房的使用日程都排得满满当当,欢乐聚集,志趣闲逸,呈现的都是祥和。

而寒暑假的时候,玉林东路居委会办公楼二、三楼则供社区儿童使用:一些双职工夫妻没办法照顾孩子,便将之送到社区进行托管。

这个托管是全公益性的,照顾孩子们的都是社工或者志愿者团队,他们在这里书写爱心故事,却不向孩子家长收取任何费用。

玉林街区是成都最早开发的现代化小区,是成都城市发展的见证者,是新老成都发展的缩影,是城市记忆中鲜活的标签。

昨天是今天的历史,今天是明天的历史。

在全国众多的明星街区中,玉林街区是个特殊的存在:没有茕茕孑立绝无仅有的标志性景点,没有风格独特高冷入云的大气建筑,没有特意设计意韵深长的街区形状,甚至没有承载历史彪炳朝代的典型文物……

细细数来,没有"景点"的玉林街区竟然啥也算不上。

然而,正因为它是不走寻常路的玉林街区,是有温度有情怀有故事有文化有美食有韵味的玉林街区,所以它令那么多人牵肠挂肚,念念不忘。

这里没有传统意义上的景点,这里却又处处都是景点,这些风景是人文风景。

在玉林街区,令人艳羡的当然远不止小酒馆,不止墙体彩绘、旧物陈列,还有墙头盛开的芙蓉、街头巷尾点缀的花木、充满欢声笑语的文化聚落……

这里有或深或浅的诗歌,或工或泼的绘画,或快或慢的音乐,或静或动的内心……

小酒馆的故事虽然始终被人们津津乐道,但闲适与幸福才是玉林街区正确且温暖的姿态,是人们生活的乐趣与追求方向。

酒,都一样。但在什么样的环境喝,酒的味道却大不一样。

在成都玉林,人们或许并非专程为喝点小酒而来。在哪儿不能喝酒呢?

因而在玉林的小酒馆喝酒可能是插曲,是专程到此一游,并在小酒馆门前合影留念的插曲;而你把双手揣进裤兜,被心爱的人挽着衣袖,在成都的街头走一走,充分感受传说中玉林街区馥郁的文化氛围,感受动静咸宜的成都情调,才是主题歌。

音乐、美术、醇酒、美食、美女、爱情、故事、童趣、感动……由77条街巷组成的玉林街区,总包裹着它特有的暖暖的烟火味,也永远都是那么热情、包容而又美丽,雅与俗和谐地统一,有入尘的意趣,也有出尘的品位。

有人说,哪怕在玉林的街巷里乱逛,也能从丰富与实在中,找到一种天荒地老的感觉。

名人也好,普通人也罢;或成都市民,或远方来客……无论是谁,都能轻易地在玉林街体会到成都的生活美学。

尊重民意,哪怕一个细枝末节。市民刻骨铭心重要的东西,也是社区最看重的东西。玉林街区整治某院落,一个很小的问题引发居民争议:公共休息区摆放木质长椅还是石质长椅?最终,少数服从多数,安放了一批石质长椅。

小菜园在建设之初,也有人认为这不是一道风景,更不是一道亮丽的风景。但在充分尊重民意,并通过网络进行评议与众筹搞起来后,居民们又觉得这个举措很好,收获的不是形式,而是内容,是随内容延伸的启迪与教育、素质与和谐。因为小菜园无论如何,也比老师在课堂上抽象地对城市里的小孩讲春种秋收要直观得多。

一分付出,一分收获。近日,由成都市城管委主办,市委宣传部、市委社治委、市建委、市林业园林局、市旅游局等18家市级部门参与评选打分的2018年上半年"22条最美街道"新鲜出炉,玉林街道排名第一……

"最美街道"有八个方面的评选标准:环境卫生、市容秩序、市政设施、河渠水质、建筑立面、园林绿化、交通秩序和门前三包。三个方面的加分标准:宜商、宜居、宜游。

"最美街道"评选结果并非几个评委打分说了算,而是采取"主观客观相结合、线上线下相结合"的方式产生的。

玉林街区,一个成都式的小资管理,便让居民之间的睦邻友善、天府之国的人文情怀,以及普天百姓的精神关注得以光耀。

"只要人人都献出一点爱,世界将变成美好的人间。"玉林街道的管理工作者们所做的尝试,应该说对别的街区的管理工作也有积极的启迪意义。

——*原发 2018 年 10 月 29 日《人民日报》(海外版)*

阆苑仙境

嘉陵江色何所似,石黛碧玉相因依。

正怜日破浪花出,更复春从沙际归。

巴童荡桨欹侧过,水鸡衔鱼来去飞。

阆中胜事可肠断,阆州城南天下稀。

昏黄的灯光,照在阆中古城之南、与之隔江对望的南津关古镇入口的牌坊上,夜幕中的一切已没有了白天的美好,而变得迷离、慵懒和平淡。

然而时间的指针指向晚上八时,雷鸣般的战鼓在这里骤然擂响,原先站在屋檐下的古装"铜人"也动了起来。

旌旗招展处,一位着戏服的黑脸大汉闪亮登场,声如洪钟:"我乃张飞是也,驻守阆中七年……"

于是,貌似随着白昼的消失而渐次萎靡的热闹,在这一瞬间鲜活。

三国名将黑脸张飞和擂鼓的将士们,以中国传统说唱的方式,开始了一场大型实景演出,将人们一同带入历史深处。

这不仅仅是现代戏,更是重现在历史长河中连绵传承的层层叠叠的阆中文化。

时光,在古代与现代之间穿越,令人迷离又惊奇。

张飞迎客,是此场演出的序幕。

继而,伴彩雾升起的,是沁人心脾的音乐。娴雅清逸,如明媚暖阳下悠漾的春芳,鲜嫩而又有着润泽的香甜。

随着音乐婀娜起舞的,是六位身背竹编背篼的妙龄采桑女。

绿底斜扣绮罗小褂,盛开着青春的芳华,一枝美艳无比的桃花,从杨柳腰肢开到凹凸有致的前胸;绿绮裙裤,春风习习,也有粉红热烈地栖息;而裙裤最下端的莲摆,则为淑令缃绮。

红披绿偃,摇荡葳蕤。

春在寥廓中旋转,芳菲温暖绵长。

这是实景演出中的一个名为《陌上采桑》的节目。

在古人眼里,蚕是向死而生的伟大生灵,与世无争,自得其乐,吐丝成茧而后破茧成蝶,神奇的过程如同修仙的精灵。

阆中丝绸起源于远古,阆中的丝绸文化源远流长。

我国最早的地方志《华阳国志》记录,早在夏周时期,阆中丝绸便成贡品。

《华阳国志》卷一《巴志》载:"禹会诸侯于会稽,执玉帛者万国,巴、蜀往焉。"

"帛"为绸子,"巴"为巴国。

这句话的意思是,大禹在会稽召集各方诸侯议事,于是包括巴国和蜀国在内的诸侯国都带去了玉石和丝绸。而古巴国位于今重庆市及四川省东部一带,阆中市曾为古巴国的国都。

《唐书》也载:"阆中郡岁贡绫、绢、縠等。"

新中国成立后,阆中先后建立大型丝绸企业六家,生产绸、缎、绫、罗、绉、乔其、丝绒等织花、印花、刺绣真丝面料及丝毯,花色品种一千多个,其中省级以上优秀产品三十余个,占四川丝绸总产值三分之一。阆中桑蚕丝绸实物质量1983年已名列全国第一,且销往美国、日本、加拿大、苏联、瑞士等40多个国家和地区。

在阆中,栽桑养蚕既是百姓生活,也是耕读传家文脉传承的基础。它既代表着文明,也涵养和书写着文明。

和着山歌出门采桑,摇曳身姿如风摆柳,勤劳善良、心灵手巧的采桑姑娘柔美了阆中绚烂的历史。

蛾眉曼睩,樱唇轻启;桃红轻漾,粉面含羞;柔荑轻捻,花影拂拂……

舞姿写意,温婉似风;流光随形,华美如绸;夭桃灼灼,空灵绰约……

这甚为惬心的,是以采桑为生的"罗敷"们的流芳。

日出东南隅,照我秦氏楼。

秦氏有好女,自名为罗敷。

> 罗敷喜蚕桑，采桑城南隅。
>
> 青丝为笼系，桂枝为笼钩。
>
> 头上倭堕髻，耳中明月珠。
>
> 缃绮为下裙，紫绮为上襦。
>
> 行者见罗敷，下担捋髭须。
>
> 少年见罗敷，脱帽著帩头。
>
> 耕者忘其犁，锄者忘其锄。
>
> 来归相怨怒，但坐观罗敷。
>
> ……

青云紫雾彩霓裳，众芳飘扬春荡漾。舞蹈的美女们，岂是罗敷的叠影？在我眼中就是一个又一个"罗敷"。

> 成都美女白如霜，结伴携筐去采桑。
>
> 一岁蚕苗凡七出，寸丝那得做衣裳。

从成都而来的我，此时联想到了南宋词人、诗人汪元量所作名为《蚕市》的诗。

的确，成都的采桑美女不少，但是美丽的成都采桑女只生活在古代。

寂寞已经年，桃花想一枝。一位又一位容颜娇艳、丰韵娉婷、秋波盈盈的美女,很打动单身的我。可惜时空错位,遗憾错过了青春韶华,只能看花满眼泪,不堪与人言,无奈地惋叹,自己恨未生为阆苑人。

我其实挺清醒的:使君有意,罗敷无情,她们多么美丽,可跟我有什么关系呢?

鸿雁难觅,锦书难托。

我不必说什么语言,因为美丽从来不懂我内心的孤单。我是一阵无根而飘忽的风。

她们从来不是我的温柔,我也从未奢望是她们的风景。痛苦当然坚如磐石,始终如一。

下世吧,下世我投生做一个幸福的阆中人。

是的,阆中人是幸福的。

采桑女子由少变老,又由老变少,一代代更迭,延续着阆中甜美多姿、平淡丰润的幸福。

这种感受、这份情感,开始于三月某个下午艳阳照耀的一段时光。

阆中,铺陈视野的寥廓和心情的怡然。

天宇朗清,山水四合,朱花锦池;琼林辉景,玉宇璇阶,云门露阙⋯⋯

江城形色,规制古朴,俨然阆苑仙境。

我见识了存在2000多年的阆中的景致。

江流婉丽,袅袅婷婷地一路走来,风韵丝毫不减当年。

我是在阆中城南鳌山之奎星楼顶层瞭望这座古城的。

如杜甫《阆水歌》所云,阆州城南的风景美丽得天下罕见,而鳌山高高在上的奎星楼,是为观此之景的最佳之地。

奎星,又名魁星,指北斗七星中呈斗形的四颗星。《史记·天官书》云:"魁,海岱以东北也。斗为帝车,运于中央,临制四乡分阴阳,建四时,均五行,移节度,定诸纪,皆系于斗。"

魁星,一说北斗七星中离斗柄最远的一颗星。

据考,鳌山奎星楼,原名翰天宫,为供奉魁星上仙的殿宇,始建年代不详,后几经修复均被损毁。

现在鳌山上的奎星楼系 1988 年重建,楼高 36 米,为四层琉璃塔楼,与阆中古城隔嘉陵江相望,系阆中城南环山最雄伟壮丽的景观,是观阆中古城全貌的绝佳去处。

据说鳌山壮美,清芬怡人,西汉落下闳,唐朝袁天罡、李淳风等历代星象法家都曾居住此山以占星望气。

我是第二次来到这座城市,我知道这座城市悠远博厚的历史,但不知道这座城市原来这么美,直到在奎星楼的顶层看到的景致撩开我讶异的视界。

惊叹连连,我在不能免俗地用手机不停地拍照的同时,脑海中也浮现着美好的诗句。

"二月莺花满阆中,城南搔首立衰翁。数茎白发愁无那,万顷苍池事已空。"

"挽住征衣为濯尘,阆州斋酿绝芳醇。莺花旧识非生客,山水曾游是故人。"

"古阆城南别有天,幽奇端不类人间。"

……

美好的时光总是过得很快。下午的春阳,从奎星楼下露天茶园里的一杯清茶中,很快溜走。

天地的清朗,在红日西移的过程中渐渐隐退,原本的澄澈变得迷离起来,取而代之的是璀璨的灯火,以及渐渐到来的夜色。

星光落下来,暗淡的大光来临,微风浇灌梦境,静谧蓬勃生长。

这座美丽的城市要夜寐了吗?

没有!

我没想到阆中的夜景还有精彩——沿着历史流淌的文化,正在南津古镇以结合现代声光电色的赏心悦目的方式上演。

采桑女子是贤惠的,也是多情的。

就在《陌上采桑》刚刚结束,又一段动人的音乐响了起来。一扇大门轻轻打开,七八个美丽的少女端着洗衣盆,鱼贯而出,开始晾晒起衣裳来。

这个节目叫《晾衣裳》。

虽然此情此景似曾相识,但有着浓郁生活气息的这一幕又是有故事的,并非单纯地晾晒衣裳那么简单。

姑娘们一边晾晒衣服一边唱：

> 清早起来去上梁，摘匹树叶吹响响。
> 情妹听见树叶响，假装出来晾衣裳。
> 衣裳晾在竹竿上，眼泪汪汪进绣房。
> 娘问女儿哭啥子，没得粉子浆衣裳。

阆中除了是风景形胜之地外，也算得上是民歌之乡。在阆中现存的数量繁多的民歌中，《晾衣裳》是最能代表阆中本土文化的歌曲之一，先后被收入《四川民歌集》《中国民歌集成》等书籍之中。

优美的山歌，生动地刻画出了一位身处旧时代的少女对自由恋爱的渴望，以及美好愿望难以实现时的幽怨、伤感。

春天到了，我想念你了。爱从远方惺忪地跑来，明亮我渴望的心窗。然而在梦中暧昧的风，却被无情的风雨摧残着……

歌曲在演唱之时，还穿插了"哥呃""妹呀""姣姣""花花扇儿摇"等极具地域特色的方言俗语，使得情感更加丰润，也更加生动鲜活。

歌词跌宕感人，旋律悲切。其情其爱，东风无力，花飞泪垂。

浓浓的忧伤，令人叹惋。

"仓廪实而知礼节，衣食足而知荣辱。"

富足的阆中不仅出丝绸，出美女，而且人文鼎盛。

就在不少须眉观众看着入戏表演《晾衣裳》的泪光涟涟的美女,随着灯光的暗淡消隐于视线之外,而黯然地恨身不是剧中"哥呃"之时,琅琅的书声又响了起来。

这是历史中的阆中少年在攻书。

《贡院春秋》上演了。

阆中山川灵气孕育了一代代俊彦英才。

早在汉代,阆中便与成都久负盛名的文翁石室同时兴学;汉唐时期又是西南地区涌现人才最多的地方之一;宋代建有藏书三万余卷的民间图书馆"会经楼";清代所设锦屏书院规模宏大,为巴蜀之冠。

历史上,阆中还出现过两对状元,分别是唐代的尹枢、尹极,宋代的陈尧叟、陈尧咨。选入初中语文课本的欧阳修的《卖油翁》中,开篇文字"陈康肃公善射,当世无双,公亦以此自矜……"之"陈康肃公",就是阆中状元之一的陈尧咨。

《贡院春秋》节目中,演员抚着古琴,抱着书本吟诵厚重历史和人文风雅的表演,使人感受到了阆中科举文化的灿烂与辉煌。

白天去浏览了坐落在阆中古城的全国重点文物保护单位——清代贡院,晚上再看这档节目,能使自己的旅游观感从平面走向立体,又从立体走向生动,且记忆深刻,念念不忘……

我的身体在南津古镇随着移动的舞台,以及天仙般的演员所表演的节目的移动而移动,大脑却情不自禁地展开了对阆中美感的联想。

阆中不仅幸福着阆中,也幸福着全国,甚至海内外。

少时家贫,食不果腹,度日如年。沐浴灿烂的阳光,心里却时常黯然。但是,一年中有三天挺让自己盼望的。

这三天的日子算得上是幸福的——不仅可以不干活,还可以吃肉,甚至还可以拥有一笔财富。虽然这笔财富并不壮观,可能是两分钱,也可能是五分钱,且绝不会超过一角钱。

这三天幸福的日子是春节。

"红萝卜,蜜蜜甜,看到看到要过年。过年好,过年好,过年不用打猪草……"

童谣里春节的氛围,自腊月二十四扫尘便开始了。

少年的眼,看到父母穿戴着十分严密的破衣烂衫对屋子进行无死角大扫除,心里在觉得滑稽可笑之时,也开心地明白,这是一种正在接近幸福的美好。

打扫环境、清洗器具、拆洗被褥、洒扫庭院、掸拂尘垢、疏浚渠沟……忙碌且专注的身影,既有荡除穷运、晦气,以祈来年舒心、吉祥之意境,也有追求雅洁,清爽神气的精神。

紧接着,掐指细算倒计时便开始了。

先是贴春联。

我家有两道进户门,春节时一般都会各贴上一副春联,让平时透风的铁芭茅编制的泥墙有一些喜庆之色。

春联的原始形式是"桃符",取吉祥之意。但在父母眼中,其实并没有这么局促,而更在于一种传承千年的文化习俗。

这些春联是从市场上买来的,父母曾经在成都工作,母亲还曾读过大学,因而即便家里再穷,他们也有着如此的讲究。

是的,这是穷讲究。这虽然不及将买春联的钱用来买一点瓜子、花生以换来儿女们的欢颜来得实在,但是春联所蕴含的传统文化与追求美好的本真,对子女的精神成长来说,其意义是远远大于那一小捧花生、瓜子提供身体的营养的。

因为春联,既是吉祥的对联,也是文学殿堂里独特而美丽的花,它或豪放若大江东去,或婉约如小桥流水,粗犷像旭日喷薄,细腻似风拂杨柳,几乎字字都是珠玑。

春联贴上,除夕也便来了——贴春联一般在除夕这一天。

除夕对人们来说,最大的向往,便是美味的年夜饭。

而且从年夜饭开始,美好的春节三天也就开始了(我家乡的春节只过三天)。

年夜饭源于古代的岁终祭礼,是年前的重头戏,是最丰盛、最重要的一顿大餐。这顿大餐不但丰富多彩,而且分量十足。年夜饭讲究的是既要吃饱,更要吃剩,因为"剩"即"余",只有吃剩才能"有余",从旧年过渡到新年,寓意"年年有余"。

年夜饭,自然是少不了肉的,即便平时几个月也难得打上一回牙祭,也会有"抹嘴肉"。

肉食，当然是餐桌上的明珠。

只有穷人才知道油荤的美好，如涸辙之鱼鲋对甘霖的思念，也似冻僵的燕子对春雷的盼望。

虽然除夕及春节这些天里可以尽情地吃肉，但平时习惯素食的胃未必能够消受得起，因而可怜的童少春节里，肉吃得吐，吃得消化不良拉肚子也成一"景"。

年夜饭的妙味，还在于家人的团圆，尽享天伦。

年夜饭后，守岁也便开始了。守岁便是熬年夜。长幼聚欢，祝颂完备，直到午夜之后方睡，或待天明。

这个守岁在如今的我看来，颇难理喻：在清寒而四壁透风的乡下，衣难蔽体的寒冬，没有电视，没有手机，也没有别的娱乐节目，这样的日子是怎么饶有兴趣地熬到午夜的？

其实，原因很简单：这一天，甚至包括准许休息的三天，人们都可以尽情地玩，可以干自己平时不能随便干的事——看小说、打扑克、做游戏……不会被训斥，不会有鞭责，甚至连怨尤也没有。

因为家长说过：如果过年这三天孩子被责打的话，一年里便会经常被责打了。

当然，春节的美妙还不止于此，还有压岁钱呢！

一般来说，在年夜饭后，或者大年初一早上，长辈要将事先准备好的压岁钱派发给晚辈。之所以如此，是因为传说压岁钱可以压住邪祟，得到压岁钱的晚辈可以平平安安度过新岁。

记忆里少年时的春节所得压岁钱并不多,一分钱有过,两分钱有过,五分钱有过,但印象中从来没有超过一角钱。而且,压岁钱得来并不容易,只有给长辈跪下叩三次头,且一边叩头一边口中喃喃地念叨着拜年的祝福语,之后才能得到。

不过,得到压岁钱时的那种欣喜,还是那么难忘。

压岁钱少得可怜,还念念不忘,是五行缺爱吗?

是!也不是!

这是传统的影像,随着长辈的先后仙去,同样的场景已永难再现,便自然显得那么珍贵。

至于少,这其实没什么好奇怪的。在那个年代,这应该是普遍现象吧。不然罗大佑作词作曲的著名歌曲《童年》里,怎么也唱得那么无奈:

> 福利社里面什么都有,
>
> 就是口袋里没有半毛钱。
>
> 诸葛四郎和魔鬼党,
>
> 到底谁抢到那支宝剑。
>
> 隔壁班的那个女孩,
>
> 怎么还没经过我的窗前。
>
> 嘴里的零食,
>
> 手里的漫画。

心里初恋的童年,

……

这还是在台湾呢!虽然童年时已经有了初恋的觉醒,但现实依然是那么无奈。

"阳光下蜻蜓飞过来,一片片绿油油的稻田。水彩蜡笔和万花筒,画不出天边那一道彩虹……"

而春节,便是童年时触手可及的彩虹。

春节是贫穷少年的心灵阳光,是苦涩生活里的甜蜜向往,是沉郁心境中的飞扬梦想。

长大后才知道,春节,这个盛行于华人世界,且正在浸淫世界各种肤色的人的美好节日,原来与阆中有关,与一位名叫落下闳的老人有关。

春节历史悠久,由与上古时代的天地崇拜和祖先信仰有关的岁首祈年祭祀演变而来,是中华民族最隆重、最热闹、最重要的节日,能集中体现中华民族的思想信仰、理想愿望、生活娱乐和文化心理,也是祈福、美食和娱乐的狂欢。

古往今来,每年的第一个月都叫元月或正月。虽叫法相同,但不同朝代,元月的具体日期并不相同:夏朝以孟春元月为正月,商朝以冬季十二月为正月,周朝以冬季十一月为正月,秦始皇统一中国后则以十月为正月……

也就是说,在那些朝代里,迎新年与迎春天的时间并非一致;而将二者统一并沿用至今者,是落下闳。

落下闳,姓落下,名闳,西汉时期天文学家,巴郡阆中,即今四川阆中人。

汉武帝元封年间,由于当时的历法与天象严重不合,影响农业生产,令百姓烦忧,汉武帝便下旨编造新历。除依靠以司马迁为首的官方天文学家外,还征聘民间天文爱好者进京。

落下闳在同乡谯隆的推荐之下来到长安,并在邓平、唐都等人的协助下,采取了当时先进的计算方法,在实测的基础上,修制了一部新历。

该历改革了不合理的岁首制度,改孟春为岁首,正月初一为新年第一天,并依照春、夏、秋、冬顺序,编入二十四节气,令春种、秋收、夏忙、冬闲的农事与四季轮回合拍。

他又改革了置闰方法,使节令、物候与月份安排得更为准确。

经比较鉴定,汉武帝认为落下闳所制定的这部历法优于其他17部历法,便在公元前104年予以了实施。

这部历书便是《太初历》。

《太初历》因为科学完整,在被后世朝代使用之时,只作过几次小的修改。

正月初一,历史上称为上日、元日、改岁、三朝、正日、元辰、元旦等等,也是节庆之日,但并不叫"春节"。

辛亥革命以后,改用公历纪年,为区别《太初历》(误称夏历,因为与真正的夏历区别很大)和公历,而把"夏历"一月一日改称为"春节",公历一月一日改称为"元旦"。

1970年,"夏历"改称为"农历",并沿用至今。

落下闳由于是《太初历》的缔造者,便有了"春节老人"的尊称。落下闳的故乡阆中,也因之被中国民间艺术家协会命名为"中国春节文化之乡"。

春节于人,如同阳光,无论贫富,都能幸福地照耀。因而平时,落下闳故居、落下闳纪念馆,也是游客们争相参观的景点。

阆中的幸福还有南津关古镇实景演出所展现的传统文化的美。

阆中的幸福也跟其天然环境有关。

从古到今,阆中莫不游人如织,虽然人们多为钟灵毓秀的风水而来,但来之后又被其山水风景所吸引。

阆中的自然风光不一而足,构溪河为其中一景。

构溪河不是溪,而是河。其河面宽阔,轻波微漾,水质澄碧,水草丰茂,蛙虾腾跃,银鳞游弋。夹岸则柏柳森然,芳草鲜美,鸟语花香,一派桃源。

据了解,构溪河流域内有包括猫头鹰、水老鸹、雉鸡、董鸡、鸳鸯、白鹭、龟、鳖、大鲵、水獭、赤狐、野猪、椰子猫、果子狸等在内的近130种野生动物,沿岸植被茂盛,树木多达64科126属461种。

风景如画的构溪河,澄静祥和,鸳鸯、白鹭、野鸭等水鸟嬉戏游弋,怡然自乐,即便见有游人泛舟而来,也不疾不徐游开而已,并不惊飞。

在倒映蓝天白云的河镜中悠游,不时可见三两妇女在河边洗衣淘米,或恬逸私语,或银铃骤响,《晾衣裳》动感曼妙而又情感甜腻的一幕再次在脑海中浮现,且与现实场景合二为一,令人既钦羡又感慨。

乌苏里江水长又长,
蓝蓝的江水起波浪。
赫哲人撒开千张网,
船儿满江鱼满舱。
……

太美了!那天同游者中有人情不自禁地唱起了高亢嘹亮的《乌苏里船歌》。

构溪河与隔之万里的乌苏里江虽同为水字辈,却素无联系,但是河面上的鸳鸯、鹭鸶、野鸭感动得飞起一大片,为其歌声翩翩起舞。

在江面上空,在溪畔林梢,摄影师的数码相机、船上人们的手机便赶忙"咔嚓""咔嚓"地拍起照片来。

心中有眼里有口里没有,

情哥哥你心思猜不透。

红萝卜的胳膊白萝卜的腿,

花芯芯的脸庞红嘟嘟的嘴。

小妹妹跟情哥一对对,

刀压在脖子上也不悔。

情哥哥情哥哥,

真叫人心牵挂。

撇东撇西唯独你撇不下。

……

也有人唱起这样一首勇敢的情歌。虽然引起了短暂的调笑,但很快便归于沉寂。

确实,歌词何尝不是婉约的《晾衣裳》中跌宕起伏的情感故事的续集?

或许被美丽的构溪河风光所沉醉,无暇顾他;或许心思还在《晾衣裳》的情节中戚戚……不得而知。但构溪河的美丽所引发的惊叹,如同溪面上被船歌、被情歌惊飞的鸥鹭般,一阵又一阵地扑棱展翅。

阳光下金波粼粼,涟漪风淡,潜荟葱茏,竹阴松影。

更羡仙逸白鹭江湖自在,亭亭独立,莺歌燕语,芳菲尽发。

"野花吹尽竹娟娟,尚有黄鹂最可怜。娅姹不知缘底事,背人飞过北山前。"

美丽的生态构溪河,我喜欢的梦中风景。

久违了,几乎就是意象中养眼的绿意、洗肺的空气、静心的宁谧、恬志的浮云……真真切切地存在于这里。

构溪河并非远离红尘的异度风景,也非虚构的桃花源记。事实上,在构溪河沿岸,阆中境内有龙泉、千佛、石滩、妙高、扶农、河溪等6个场镇临河而居,且都是百年古镇——与文明同行却还保持着这么好的自然环境,实在难得!

作为阆中古城"后花园"的构溪河,如今已被有关机构评为中华100大生态亲水美景,以及国家湿地公园。这应该也是去过构溪河且被其美景深深吸引者的"众望所归"……

"好美呀!人美,音乐也美,像仙境一样!"

身边的人由衷地感叹,又把我的思绪拉回到了南津关古镇大型实景演出的现场之中。

真的很美,宛若仙境!

亭台间,楼阁上,有身着汉服的女子吹拉弹唱;远处屋顶,有身姿窈窕的女子蹁跹起舞,婀娜之影在月色下尽显妖娆……

很喜欢这档名为《阆苑仙境》的室外大型移动实景演出节目。节目以阆中古城为背景,从南津关古镇入口处的牌坊到嘉陵江边连峰楼,在仅仅500米长、有近有远、高低错落、风情变幻的街上,以亭台、楼阁甚至街面为舞台,演员一步一景、亦歌亦舞,移动地展示阆中民俗文化、饮食文化、三国文化、太极文化、科举文化、小吃文化、丝绸文化和码头文化,演绎人间仙境的美妙。

这是幸福阆中的缩影。

别具一格的表现形式、丰富多彩的演出风格、曼妙唯美的歌舞品质、灿烂美丽的现代灯光、如梦似幻的时空交错,不仅开了世界移动实景舞台多层次表演之先河,使人文景观与表演艺术完美融合,使文旅演艺上升到了一个全新的高度,很好地再现了阆中古城的前世今生,而且也极大地丰富了阆中夜间观光旅游的内涵,让游客以360度的全方位视角,零距离沉浸式地欣赏了一幅令其眼热心动、叹为观止的动感的《清明上河图》。

此岸,炫美的光影,飘逸的水雾,骛凤翔鸾的舞蹈……苍茫的夜色里,悠扬的音韵在嘉陵江畔回环婉转。

彼岸,以华光楼为轴的古城被灯光勾勒出的华美的轮廓,倒映在嘉陵江江水之中,光辉摇荡,星耀涟漪……

白天,沿着叠印了无数好奇的脚印,窄而陡峭的木质楼梯上行,上到高高在上的顶层,极目楼外的世界,山水如画,紫气氤氲,云水汤汤,钟灵浩荡。

"三面江光抱城郭,四围山势锁烟霞。"

华光楼览胜,丽景芸芸,令人蓦生感慨:"美,原来这么好!"

"掬水月在手,弄花香满衣。兴来无远近,欲去惜芳菲。"

"天明又出桃源去,仙境何时再问津?"

离乡愁最近,山水奇绝。

阆中,我还会再来的,一次,两次,三次……

——原发 2020 年第 6 期《南方文学》、2022 年 1 月 28 日《光明日报》

美丽由心

山水如画,空气如洗,天地之间是那么澄净。

这里是依山傍水,被大龙溪与小龙溪簇拥的四川省宜宾市屏山县龙华镇。

龙华是一座始建于宋代的国家历史文化名镇。景点环绕,如星璀璨,其中最耀眼的风景当数八仙山大佛。

见过的佛像很多,见到此尊之初,我的心灵却未有震撼,而唯茫然。

因为之前我心中对之充满了期待——被传说为世界第一立佛,且知之于媒体,当是何等壮观!然而,在炽烈的夏阳中汗流浃背翻山越岭地前来拜谒,看到它青树翠蔓中醒目的红砂石容颜,以及满目含笑的热情的同时,却也失落地发现,言实之间,界若鸿沟。

我是指高度。

这就是所谓的"世界第一立佛"吗?32米的高度诚然伟岸,但与世界第一名实相符?

在网上随便搜索一下"立佛"一词,便会发现高佛众多:仅国内便有位于河南鲁山尧山佛泉寺总高208米的大佛,位于海南三亚高

108米的南海观音像,位于湖南宁乡高99.19米的千手千眼观音像,位于安徽九华山高99米的地藏菩萨铜像……

这些佛像都是立佛像。

孰高孰低,一目了然。

差距如斯,八仙山大佛何以敢狂称"世界第一立佛"?

其实,这个说法应该是有定语的,而之前媒体的宣传都忽略了相关定语。

因为这个"世界第一立佛"是相对于阿富汗巴米扬两尊立佛而言的。

2001年3月,曾被称为世界第一、第二的古代佛像——巴米扬的两尊分别高53米和35米的立佛像被塔利班的炮火无情地摧毁后,位于屏山县龙华古镇海拔891米的八仙山上的这尊32米高的大佛,便从世界第三立佛变成了世界第一立佛。

因而要尊八仙山大佛为"世界第一立佛",一定不能少了三个限定条件的关键词:"石窟之佛""古代之佛""立佛"。否则,它便称不上"世界第一"。

当然,八仙山大佛令人浮想联翩的不只是其高度与"世界第一"的匹配问题,大佛本身也是神秘的,存在着一些未解谜团。

第一个谜团便是八仙山大佛的修造年月。

明朝,屏山隶属马湖府,据查,《马湖府志》中却无关于八仙山大佛的任何文字记载。明万历十七年(1589)置屏山县后,在《屏山县志》中,也无关于八仙山大佛的相关记载。

令人匪夷所思的是,今天的龙华人说,八仙山大佛存在的年代久远,他们的爷爷的爷爷的爷爷生活的年代,便有了八仙山大佛,却不知道其修造年代。

这就怪了,史志无载,当地人又不知其起源,八仙山大佛是怎么产生的?是一夜之间从天而降的?

其实,当地人及其先辈不知道八仙山大佛的修造时间很正常,因为他们几乎都是清朝初年"湖广填四川"移民的后代。

由是推断,八仙山大佛当建于明代末。

当然,推断毕竟是推断,准确的修造时间还是一个谜,有待考证。

除了华诞,八仙山大佛无颈无脚也是一个谜。

佛像皆有颈,有颈方显秀美。八仙山大佛为何没有颈?

坐佛可以看不见脚,立佛没脚怎么立?

因无史籍可考,所以说法甚多:有人说可能是因为战乱,来不及修造脚的部分,修造的人就不在了,或者逃离了;有人说大佛的设计比例欠熟虑,上半身修造好之后才发现,腿及脚没办法修造了,因为山体高度不够,除非往岩下深挖。

八仙山大佛头部没有唐代佛像的高肉髻以及垂肩的双耳也就罢了,却"长"着一对招风耳,这样的设计有何深意?

通常情况下,佛是不戴手镯的,只有菩萨才戴手镯,但八仙山大佛为何肩上没有哲那环和搭钩,还戴手镯?

八仙山大佛腰上系一短裙,如妇女做饭时的围裙一般,这身装束有何寓意?佛化凡尘?

还有,八仙山大佛到底是谁?是释迦牟尼还是阿弥陀佛?因为从其外形特点来看,无法准确地予以判断。

甚至,细细地看之时发现,它既不像佛,也不像菩萨,却有几分像人。

这是供奉的佛,还是供奉的人?

历史上将真实生活中的人拟为佛而塑其像以享香火者,并非少数;但由于古籍中没有关于八仙山大佛的文字记载,大佛本身也是一项未竟工程,未有文字铭刻于石壁之上,所以这也是一个尚需解开的谜……

"石壁宏开,天自当年储佛地;道源一贯,人从此日仰神功。"

这是八仙山大佛左侧,供奉道教神像的丹霞洞石窟群中门上的一副对联。

由对联的内容可知此道家之洞诞生于大佛之后。石壁之上,关于丹霞洞是有文字记载的,而关于大佛则无任何文字。

分析"丹霞洞"门匾上的文字会发现,有叙州府知事张日晸于道光辛丑年(1841)的落款。由此也可以推测,八仙山大佛至少在清代早期就已修建。

未解之谜这么多,其实也是旅游的看点。

因为很多东西都是形式。形式不重要,亦如花,芬芳在心里才最美。

美丽由心,迷悟亦由心。

华龄隐没在时间之中,景观铭刻于山石之上。历经叠加的风雨沧桑,以顶天立地站起的伟岸,撑起一把慈云的大伞,播撒平易近人的荫蔽。

头皮被灼得好痛,这直射的炽烈的光芒。

抬头望,感动于八仙山大佛被时光淹没的世界第一。

有着美丽景色,却又蕴含未解之谜;既高高在上,又食人间烟火。形象与灵性定格永恒,笑而不语的尘世岁月,看尽了人世间此消彼长的纷繁欲望……

彼岸在时空里往复,历史的黑夜,被古镇以及神秘的立佛照亮。

八仙山大佛岂止是一尊佛?

除了是信徒们膜拜的偶像,是见证历史烟云的文物,还是铭刻于一座山上亲切而独特的画,一部内涵丰富、滋味绵长需要解读的书。

跋山涉水,远道而来,在古巷的深沉里穿行,在朝佛的虔诚中递进。

感受一级一级坚硬的石阶铭刻的荣辱光华与秋月春风,感怀早已沉寂的无声历史的风烟、兴衰,以及人生或上或下的哲学。

天阴天晴,淡烟疏雨,皆如不绝思念,缠缠绵绵在我客居的异乡。

——原发 2019 年 8 月 16 日《金融时报》

高味如春

"简傲绝俗,阳布德泽。"

这是我应邀为一座城市写的一句话。

"简傲绝俗",出自清代王夫之《姜斋诗话》卷三:"于江西宗派体中自居胜地,而其荒凉寒苦之状,简傲绝俗之致,亦概可见矣。"

它是高傲而超越世俗的意思。

"阳布德泽",源于《乐府诗集·长歌行》一诗:"青青园中葵,朝露待日晞。阳春布德泽,万物生光辉……"

诗句描写的是春天景象,意指春天的阳光在散布恩惠,大地上的一切生物都熠熠生辉。

这一句话,嵌入了一方天地的名字:简阳。

其实,我对这片土地的感情,就像小说一样传奇。

青少年时与简阳有过几次痛苦的交集。在国道318线上,从南充到乐山走亲戚,从南充到成都读书,往返来去之间,每每途经此地,颠沛摧挫,令晕车的我叫苦不迭。

因为从当时还未成为市的该县的东溪镇到石桥镇这一段路,坑坑洼洼凹凸不平,行进之车如船行巨浪,颠簸跌宕。

雨天一车泥,晴天一车灰。因车辆众多,这段路宛如停车场,车速常如蜗牛移步,区区几里,往往要行三四小时。

倘是夏天,除了晕车,除了稀泥或者灰尘以外,还有难以忍耐的酷热。车行时,尚有或疾或徐的风,自窗外的田畴、山野或陌巷间袭来;车停时,因当时的客车没有空调,便热得如同蒸笼,男女老少,无不汗流浃背,浑身湿透,甚至中暑昏厥,形若涅槃。

这个过程,你还不得不浏览窗外的世界。

然而车外的世界,是赏心悦目的反义词。路边的田野,贫穷萧索;路边的房舍,凋敝低矮;"鸭翅膀,鹅翅膀,鸭脚板,鹅脚板……"手托筲箕或提篮的小贩的叫卖声此起彼伏,是那么急功近利……

我当时便想,要是往返成都能够避开这个地方就好了。

是的,如我所愿,岁月终究更改了道路的走向。

若干年后,我再往来于成都和南充之间时,已经可以不用经过这个地方了。但是,这个先前令我不甚喜欢的地方,却令我的生命阴差阳错地与之产生了不能割裂的关联。

大学毕业后,一段感情令我的人生走向拐了一个弯,选择了翻山越岭的跋涉,且骨子里的传统观念最终击败了锦绣前程的诱惑。我放弃了留在成都的可能,九曲十八弯地翻越龙泉山来到了这里,成了一家纺织企业里一名吃技术饭的底层管理者。后来,我又因为工作期间发表了一些文字,从企业调到了文化馆,成了一名从事文学创作与辅导的干部。

这片土地与我之间曾有着深深的距离感,但是这丝毫不影响我与之既定的缘分。

到了简阳生活之后我才了解到,简阳的土地从古至今漫溢着热情、善良、智慧、勤劳、进取的气息。

看上去并不起眼的简阳,还是一片文化沃土。

史料称,简阳自西汉元鼎二年(公元前115)置县,可谓历史悠久。在历史长河流淌的过程中,虽然名字从牛鞞到阳安、简州,再到简阳,几度变迁,但是简阳的文脉绵延不绝,更出现过几多辉耀历史的人物。仅以文学为例,便有生卒年不详的五代后唐同光四年(926)的状元王归璞,南宋著名词人张孝祥(1132—1170),生于南宋孝宗乾道六年(1170),卒于南宋宁宗嘉定十二年(1219)的宁宗庆元五年(1199)状元许奕,民国作家罗淑,以及首届茅盾文学奖获得者周克芹等。

是的,少年时就看过《许茂和他的女儿们》,而且是好多次——我说的是电影,也知道这部电影故事发生的背景在简阳,作者周克芹也是简阳人。

当时我就好奇了,简阳是个什么样的地方?简阳怎么就进了电影呢?葫芦坝怎么就进了电影呢?南充怎么没进电影?楼子沟怎么没进电影?

不过,后来数次从简阳经过,生不如死的晕车经历,灰飞尘舞或泥淖凸凹的公路生态,却泯灭了我对简阳的好奇,漫漶阻隔了简阳的真颜。

看来距离产生美这种流行的普罗大众哲学其实并不准确,因为,山川相阻的距离,也可能会遮盖美。

正如有一种美食我原本不喜欢,但是几次三番地接触之后,却深深地爱上了一样。

这种美食是羊肉汤,且有着鲜明地理标志的羊肉汤——简阳羊肉汤。

翻阅往事,发现少时的记忆中,我家从未养过羊,也从来不吃羊肉,原因就是羊太膻,那个味道大得令人作呕。

不仅我家不养羊,我们村也几乎没人养羊。我家乡的人们也都不喜欢吃羊肉,或者根本无人吃羊肉。因而街上绝对没有卖羊肉的,更没有开羊肉餐馆的。

起码我出生的南充市大通镇是如此——直到我考上大学离开家乡,镇街上都没有卖羊肉的馆子。

甚至,还有这样的说法:"一家吃羊,十家骂娘。"原因就是羊肉太膻了。

到简阳工作与生活之初,满街的羊肉汤店,散发出浓重的羊膻气,躲之不能。所以我脑袋几乎都是晕乎乎的,胃部也不时有涌动作呕的感觉。

简阳人的热情,也像羊肉的膻气一样,躲也躲不开。

我是个热心肠的人,常助人于举手之劳。长此以往,难免偶有感恩者,以请吃饭的方式回报我。

这样的情况盛情难却,却又常令我尴尬万分。因为对方请我吃的饭,往往是羊肉汤。

我的天!我闻到羊肉汤的气味就想吐,还怎么吃呢?可是人家请我,却之不恭啊!

还记得第一次吃简阳羊肉汤,勉强地喝,勉强地吃,一点点而已,但这顿饭我还是差点当场就吐了出来。所幸我使劲忍,最终没吐。

人适应环境的能力还是比较强的,或者说,我自己适应环境的能力还是比较强的。就这样几次三番,我适应了简阳羊肉汤的膻味儿。

习惯了,还渐渐觉得,简阳羊肉汤确实好吃、好喝。难怪在简阳,处处都是羊肉汤馆,每家羊肉汤馆的生意都异常火爆。

存在即合理。犹若榴梿,有人嗤之以鼻,有人誉为仙果。

子曰:"与善人居,如入芝兰之室,久而不闻其香,即与之化矣。与不善人居,如入鲍鱼之肆,久而不闻其臭,亦与之化矣。"

与食品的相处,或许亦如斯。

之后,又去简阳之外吃过羊肉,相比较而言,才知简阳的羊肉汤确实不是很膻,而别处的羊肉,那膻味可真是惊天地泣鬼神啊。

自此,我成了简阳羊肉汤的"Fans"之一,成了简阳羊肉汤的追随者。久食成厨,对其烹饪方法也渐渐略知一二。

简阳羊肉汤的妙处不仅仅在于熬汤,在于"烹",更在于"炒"。

但凡美味都是来之不易的,简阳羊肉汤亦如此。

简阳羊肉汤的做法比较复杂,第一步是熬汤。

既然叫"羊肉汤",那这个"汤",就是味道的精髓,因而很重要。

初汤,是用猪的棒子骨、羊的棒子骨,以及羊肉、羊杂一起放在汤锅里煮出来的。当羊肉、羊杂煮好以后,便将之捞出来冷着,等待蝶变。

虽然在锅里经过时间和沸水的淬炼,胶原蛋白已经发生了内质的转化,释放出了氨基酸可口的滋味,但此时的羊肉还仅仅是熟羊肉而已,与普天下的水煮羊肉并无不同,因此还有待于厨师接下来对其品质进行升华。

依然放着猪骨头、羊骨头的汤则继续熬煮,直到汤色如奶方可微火侍之。

已经冷下来的羊肉与羊杂略有讲究地切成片,列队排列,为形成令人垂涎欲滴的美味,时刻准备着赴汤蹈火。

紧接着炒菜锅上阵,羊油、菜籽油或猪油,在炒锅里绽放着热烈的芳香。预先切好的生姜粒下锅,发出吱吱欢乐的激情吟唱,颜色也在与高温之油的热恋下,变成金色。这时,已经在 旁娴雅了好久的片状羊肉、羊杂再度出场,如壮士冲锋般扑进锅里,会师先行者——油与姜粒,彼此纵情拥抱,放声高歌,继而又在姜粒和烈油的引领下朝着爆香美味的方向前进。

在这个过程中,万味之魂的盐,被恰到好处地掌控着数量,且星星点点地撒下;又加入少许胡椒粉、茴香粉,二者跟姜粒一样——既是膻味的克星,又是提味的大拿。

这些调味料虽来自五湖四海,来自不同环境,性格迥异,但都奔着同一个目标:天施地化,彼此和合,成就佳肴的美好。

爆炒好了,也可以直接盛盘上桌。但这岂是羊肉汤?

汤,才是这道美味的品貌和风度。

此时,先前一直持续炖着的掺和了羊骨、猪骨的雪白如奶的汤,粉墨登场了。

舀上一大瓢汤朝着炒好却尚未出锅的羊肉倒下去,随着刺的声大响,锅中烟霭猛然升腾,如白龙冲天,气贯长虹。

浓雾散尽,乾坤宁静,锅中之汤先如止水不波,片刻若漾泉微浪,继而似喷泉咕嘟。

而与之伴生的是绵延薄雾,从锅里到锅外,挤满空间,使人置身于缥缈隐约的仙境之中。

在最合时宜之时,再放适量盐,以及味精、鸡精、茴香、胡椒,继续熬煮,掐分掐秒。

时间短了,汤与肉不兼容不入味不和睦,味道少了团结的力量;时间长了,则肉杂软糯,内质如糜,缺失本身的宜爽。

奇迹,在时间和温度的双重作用下,开始徐徐发生,羊肉、羊杂、羊汤彼此拥抱共同奋斗后的蝶变效果,渐令满室生香。

美味,越来越浓烈,不仅令人垂涎难抑,甚至让人魂难守舍了。

达到如此境界,羊肉汤便可以起锅了。

快速舀起,盛于硕大的汤盆之中。雪白的汤中,有羊肉、羊杂凸起,若黑白的写意山水。再在一盆黛岑乳白组成的秀美的江山之中撒一把绿色的葱花。这画龙点睛之举,立时给这黑白山水点染上了生命的原色。

端上桌,盆中白雾氤氲,缭绕飘荡,恍若蓬莱瀛洲。

打上一个混合有海椒面、花椒面、少许盐的碟子,从盆中夹起一块肉,在碟子里或轻或重地点蘸,然后送进盼望已久垂涎如瀑的嘴里。齿舌生香,心旌浩荡,美妙无比……让人感觉神仙馐馔,也不过如斯。

简阳是交通要道,我在简阳生活之后才明白,为什么之前我沿国道318线往返于南充和成都之间,在简阳堵得不成样子。原因并非简阳有多闭塞,相反,简阳是交通枢纽。

因为不仅南充、达县、遂宁、万县、涪陵等川东的车往返成都、德阳、阿坝等地,必须经过简阳,而且自贡、内江、泸州、宜宾、重庆、遵义、贵阳、昆明、南宁、长沙、武汉等地的车要往返成都、德阳等地,也必须经过简阳。

车多,当然堵;车多,也容易将路面碾烂。

但交通要道,也有利于美食的传播。所以那个年代,但凡从简阳经过者,都会在简阳吃一顿羊肉汤,羊肉汤的美味也因此传遍全省,继而又传向全国。

有一件事挺奇怪,简阳羊肉汤的做法复杂而不难,可熟悉此烹饪技艺的厨师换了地方,依葫芦画瓢,却无论如何也烹饪不出简阳本地羊肉汤馆出品的味道。原因何在?

有人苦苦思索,似乎得出了答案:简阳本地羊肉汤馆所用羊肉,非一般山羊之肉,而是来自一个特殊品种——简阳大耳羊。

努比羊原产于埃及尼罗河上游的努比地区,后分布于埃及、苏丹、利比亚、埃塞俄比亚、阿尔及利亚,以及美国、英国、印度等地。努比羊体形高大,四肢细长,两耳下垂至颌部,鼻梁明显隆起,乳房发育良好,属肉乳兼用型羊。

20世纪初,有人从美国引进努比羊,并与个头矮小、生命力旺盛的简阳土山羊杂交,从而诞生了一个新的羊种:简阳大耳羊。

独特的品种优势和特色的山水环境,使得简阳大耳羊肉味奇崛,一领风骚。

虽然全国各地都有打着"正宗简阳羊肉汤"招牌的门店,甚至厨师也来自简阳,但是"肉"与"肉"不同,其味自然差之甚远。

然而,将简阳大耳羊肉运到外地,且由简阳当地的羊肉汤厨师来烹饪,做出的羊肉汤却依然没有简阳本地羊肉汤的味道好。非时势异,非厨师异,何以汤汤相同,其味迥异?

再找原因,人们竟然发现,简阳羊肉汤美味有鲜明的地理属性,还跟水有关——其他条件相同,用简阳的水烹饪的羊肉汤更香、更鲜。

因而,冠名"简阳羊肉汤"的餐馆虽遍布全国,但仍以简阳境内的羊肉汤为最正宗。

看来,正宗简阳羊肉汤的味道,一定是简阳本地盐的味道、山的味道、水的味道、环境的味道、风的味道、土的味道、阳光的味道之集大成,同时还包含时间的味道、人情的味道、文化的味道、心地的味道、方言的味道……

在简阳,每条街都有羊肉汤馆子,每条街也不止一家羊肉汤馆子。

简阳城乡共有多少家羊肉汤馆?真难说清楚。但其数量几乎与其他风味餐馆的总和旗鼓相当,这不能不令人惊叹。

羊肉汤馆这么密集地存在,因为热爱,因为美味,也许还因为情感。

只有在简阳本土,才能品到正宗简阳羊肉汤,这也便是一年四季都有各地食客专程前往简阳一解心馋的原因。

而简阳人中每天都要吃一顿羊肉汤者,更不在少数。

之所以用"吃",而不用"喝",如前所述,是因为简阳羊肉汤不仅有汤,还有羊肉,更有羊杂。只有羊肉与羊杂才算钱,且以斤卖,多寡随意;而汤可以无限量地加,加多少都不再另算钱。

羊肉汤的味道,如同晨曦里的闹钟,每每在叫醒熟睡的简阳人的味蕾的同时,也成了人们的起床号角。这是一天美好的开始,更是年复一年奋进的动力。

简阳,也因此理所当然地成为"汤城",并在绵延的时光里增长美誉度。

羊肉营养丰富,除了能提供营养,维持正常生命体征之外,还有疗病的作用。

李时珍《本草纲目》载:"兽部·山羊,释名野羊。气味甘,热,无毒。南人食之,肥软益人,治冷劳山岚疟痢,妇人赤白带下。疗筋骨急强,虚劳,益气,利产妇,不利时疾人。"

羊肉味甘、性温、入脾、胃、肾、心经,有益补气补虚、温中暖下之功效,可用于脾胃阴寒、肝肾不济、虚痨羸瘦、腰膝酸痛、阳痿不举、产后虚冷、腹痛寒疝等病症的治疗;也对一般的风寒咳嗽、慢性气管炎、夜盲、白内障、青光眼等病症有治疗作用。

简阳大耳羊的肉质细嫩,所熬煮的羊肉汤色白如奶,味鲜且香,膻味殆尽,食后数日,余味如情丝萦绕,心心欠欠,挥之不去。

有这样一个广为流传的美好的广告语,巧妙地从侧面盛赞简阳羊肉汤给人的嘉福,那便是"男人的加油站,女人的美容院"。

简阳羊肉汤果有如此幸福的功效?说真的,还需进一步考证。

但羊肉汤如肾宝,吃羊肉汤一"举"两得,"他好,我也好"。爱情美满,女人内分泌协调,皮肤自然细嫩并泛出光泽,这不就达到美容的效果了吗?因而间接效果还是能美容的。

这句广告语荤素搭配,既恬静美好,又动感十足,内涵丰富,其实也很美味。

简阳羊肉汤既可暖胃,又可暖心,还可暖身,暖福;简阳羊肉汤既是汤,也是菜,因而既可阖家美享,又可待客争脸,实为宾主咸宜,雅俗共赏。

当然,有高血压、高血糖、高血脂者,则不可多食。

虽然在简阳境外所烹饪的简阳羊肉汤远没有在简阳境内烹饪的那么美味,但依照简阳羊肉汤的烹饪方法烹饪出来的羊肉汤,与他地形形色色一锅乱煮的羊肉汤相比,依然惊为天味——假如他或她一次也没有到过简阳,且没有在简阳境内吃过简阳羊肉汤的话。

也因此,简阳羊肉汤作为一道醒目且特色显著的川菜而走南闯北,跨海越洋。就如简阳本土发祥而走向世界的海底捞火锅一样,被传播,被称颂,被视为餐饮行业的味觉标杆。

简阳羊肉汤的美味不是吹出来的。2008年,简阳羊肉汤便从几万个菜品中脱颖而出,成为北京奥运会全国30道健康美食之一,也是唯一一道以羊肉为主料的汤类菜品。

如今,简阳羊肉汤烦琐、细致且独特的烹制方法,已成为成都市非物质文化遗产而受到保护。

一块羊肉而已,一盆煮羊肉的汤而已,简阳羊肉汤何以如此豪迈,纵横江湖?

简阳大耳羊的肉也好,简阳的水也好,简阳的厨师也好,简阳羊肉汤能够美味传扬,还有一个秘诀,藏在"鲜"字里。

大家都知道"鲜"的组成部分,一半是"鱼",一半是"羊",却少有人思索过,为何仓颉造字之时,要把这两种动物放在一块,来代表味蕾的极致享受?是否意味着将"鱼"和"羊"放在一锅煮,就能烹出极致美味?

简阳人想到了,且恰到好处地运用了这个深藏于字眼里的美食哲学——在所熬的羊肉初汤中,加了两条用纱布包着的油炸过的鲫鱼。将羊肉与鲫鱼放在一锅煮,外加其他配料,令人惊叹的简阳羊肉汤便横空出世了。

"鲜"的拆分又组合的过程,其实是一个文化内涵发掘并利用的过程。

顺着历史细捋起来,简阳羊肉汤的"鲜",是有其文化根基的。

简阳,养羊历史久远,历朝《简州志》记载,汉代简阳即已"户户具鸡豕,十里闻羊香"。羊不是宠物,不是养着看门,不是养着抓老鼠,更不是养着制造肥料,产生沼气,而是食物。有羊肉,自然就要有相应的烹饪方法才行。

简阳羊肉汤烹调方法的缘起,传说跟董和有关。

董和,三国名将,字幼宰,南郡枝江(今湖北枝江)董市人。

东汉末年,董和率家族西迁,在益州牧刘璋手下相继担任牛鞞长、江原长、成都县令以及益州太守等职。其任内以身作则倡导节俭,并颁布法规,惩治挥霍,深受百姓爱戴。

建安十九年(214),刘备攻取益州后,感其德才兼备,特授之为掌军中郎将，与诸葛亮并署左将军、大司马府事。

诸葛亮、蒋琬、费祎、董允，被誉为蜀汉"四英"，董和是董允之父。

董允一步步发展，官至辅国将军兼行尚书事，但他始终保持清廉正直本色，深得诸葛亮的赏识，诸葛亮还曾在《出师表》中将他向刘禅推荐："侍中、侍郎郭攸之、费祎、董允等，此皆良实，志虑忠纯，是以先帝简拔以遗陛下。"

董和父子二人均以"廉、能"著称。陈寿在《三国志》中称董和"蹈羔羊之素"，此意取自《诗经·召南·羔羊》。

素丝羔羊，指正直廉洁的官吏。

董和为官二十多年，至临终，家中之穷，竟无一石粮食。

有意思的是，倡导节俭之风的董和在吃羊肉之时，连煮羊肉的汤也用来佐餐，全部喝了。当然，清汤寡水的煮羊肉的汤是很难喝的，毕竟膻得不行，所以，便加入一些调味料，这应该是今天风行天下的简阳羊肉汤的烹饪方法的"少年时代"吧。

因而，有人说，简阳羊肉汤的做法来自董和。

这也是今天有人说简阳羊肉汤的发祥地在董家埂的原因之一——董和的后人曾住简阳董家埂。

关于简阳羊肉汤的起源，其实还有多种说法。

有种说法是，简阳羊肉汤的做法来自简阳市玉成乡。

说三国时，赵云在今玉成乡境内驻守，体恤官兵们训练之苦的他,时常宰羊以犒劳将士。然而,由于兵多肉少,要让手下尽享美食,难度较大。于是他下令将羊肉煮熟切成片爆炒,然后加上用羊骨熬的汤煮,这样虽然不能满足将士们大口吃肉的愿望,但让每个人都喝上一碗有羊肉或羊杂的汤还是没问题的。

传说,羊肉的这种烹调方法便在当地流传了下来。

当然,这不过是个传说,因为正史并无关于此的记载。

关于今天大受欢迎的简阳羊肉汤的做法起源,我也相信与南宋状元许奕有关。

《宋史·许奕传》载:"许奕,字成子,简州人……庆元五年(1199),宁宗亲擢进士第一,授签书剑南东川节度判官……著有《毛诗说》《论语尚书周礼讲义》《奏议》《杂文》等……"

许奕,生长于简州平泉县乾封镇甘泉乡(今属简阳市董家埂乡),为官后正直清廉,敢冒死进谏,被宋宁宗赞为"骨鲠之臣"。

同样清廉节俭,不知道许奕这一性格特征是否受到董和家族节俭风气的影响。倘濡染,同属一地的饮食习惯也必然会有相近之处,那么"鲜"之拆解,并以鲜活的"鱼"与"羊"进行烹饪重组食物的方法会不会是其进一步光大的产物?

因为,文化能够传承的话,烹制的美味方法也是能够传承的。

这只是一种推断。推断并不可靠,但不排除有这种可能。

起码,从文化内涵的角度进行的这种推断,还是有一定的可信度。

简阳羊肉汤的烹饪方法起于何时,细想其实并不重要。所谓:英雄莫问出处,好吃才是王道。今天令吃货们折服的简阳羊肉汤的烹调方法,理应是在岁月递进中,羊肉烹调方法兼收并蓄日臻完善的结果。

不要小瞧了一道美食的社会效益与经济效益。简阳羊肉汤给简阳创造了多少经济效益?这个应该是令人眼红的,而且是年复一年持续的。但相较而言,简阳羊肉汤创造的社会效益也许更大,起码不知多少人从此知道了中国有一个地方叫简阳。这就如同汉堡包风行天下,人们知道汉堡一样。这是花多少广告费也难做到的。

这,也是文化的力量。

"鲜",先拆解,再以实体动物的形式进行组合,并令其在火热的环境里交融契合,产生美味。这种大胆的探索,不能不说既奇妙又智慧。

鲜,以及极鲜,一直是简阳人的追求。

这不仅仅表现在探索美食的方面。

位于龙泉山东麓的贾家镇菠萝村,曾是远近闻名的贫困村,资源匮乏,交通闭塞。靠着传统农业生活的村民,人均年收入仅四百块钱。

1991年,因忍受不了贫困,汤志明宁愿去城里蹬三轮车,也不愿守着那点瘠薄的土地过日子。然而,他在蹬三轮车的过程中,却被一件事极大地刺激了:他发现,与他家隔着龙泉山、20多公里外的成都龙泉驿的农民,挑一担桃子进城,就能卖一千多块钱。

他蓦然明白,农村,其实大有可为!关键是观念与思路。

他在进一步了解了种植桃树的细节之后,信心更足了。于是,他重新回到菠萝村,把自家的7亩庄稼地全部改种晚白桃树。

他的举动遭到了父亲的强烈反对:"庄稼地不种庄稼,你疯了?"

他费了好大劲才说服父亲,说栽种桃树,在桃树还未长大之时,对庄稼的耕种影响不大。

几年过去了,他家所栽种的桃树的收益,果然远远超过单纯种庄稼的收益。村民们眼红了,纷纷效仿,并得到他的技术支持。菠萝村的穷困面貌由此渐渐改观。

后来,成为菠萝村领头羊的他,又用十多年时间,带领菠萝村村民在脱贫致富奔小康的路上继续前进:大力调整产业结构,规模化种植无公害晚白桃、高品质柑橘、美国大樱桃、长果桑葚等果树,并成立简阳市兴农种植农民专业合作社,让村民入股,按照标准进行管理和生产。

这种探索结出的硕果是诱人的,因为有的家庭仅卖水果的收入,一年就能超过四万元。

如今,菠萝村建起了电子商务服务中心,这个中心不仅使菠萝村的水果销往广州、上海、北京等地,还出口到了俄罗斯、越南、新加坡等国家。该村的"农阳"牌晚白桃,在获得国家相关部门的认证后,已实现了品牌化经营。

以前守着自己的土地,很贫穷;现在守着自己的土地却致富了!这是村民们以前想也不敢想的事。

要让村民安心留在家乡,不仅仅需要解决收入的问题,还需要具有产业的基础和舒适的生活环境——有品质的生活才是幸福的。

为了实现这一目标,近年来,菠萝村不断改善基础设施条件,加强城乡环境综合治理。不仅使全村绿化覆盖率达到70%,还修了环村公路,改善了厨卫设施,施行了污水处理,使用上了清洁能源沼气,并选出院落长监督村民保持房前屋后洁净化、整齐化、垃圾处理无害化、农家田园生态化……

而在简阳市平泉镇荷桥村,村民耕种土地的方式没变,经营方法却进行着全新的尝试,也渐出成果。

背山临水,流溪潺潺。荷桥村村民曾经守着的不是风景,而是收入单一,饿不死也富不起来的窘迫状态。

不过现在好了,这儿十里荷香,生态盎然,步移景异,小桥流水,美丽的画卷,俨然公园,可谓与宋朝杨万里所描述"桥压荷梢过,花围桥外饶。荆溪无胜处,胜处是荷桥"之景致高度一致。

关键是,荷桥村利用这风景也变了现。

不光如此,村民们还将自己的土地玩出了花样。

我国改革开放之初,农村实行土地联产承包责任制以后,改变了吃不饱饭的饥饿与穿不暖身的贫穷的面貌;而今,简阳荷桥村则转换思维,与一家企业合作,利用现代科技的手段,以及先进的管理模式,让城里人来承包自己的土地,热爱这片土地,情牵这片土地。

但凡是人,只要活着,就与庄稼有关,与粮食有关:种庄稼的人吃自己种的粮食,不种庄稼的人吃种庄稼的人种的粮食。

庄稼是天,庄稼是地。庄稼于人类来说,是衣食父母,是情怀,更是乡愁。

人们旅游,多因新奇而至,追求的也往往是"到此一游",新奇劲一过,眼中便少了或没了风景,回头客所占比例不大。

如果游客对所旅游的景区有所牵挂,那么他对这个景区的爱就会是长期的、持久的。

人就是这样,纵然身体四处游走,却始终走不出乡愁,也总会如海鱼一般割舍不能地不时洄游,归去来兮,以倾泻心中的亲近。

羁鸟恋旧林,池鱼思故渊。

开荒南野际,守拙归园田。

于是,荷桥村大打情怀牌:两万元一年的承包费,就能让城里人当上一亩土地的主人,让其情感驻留。种植、管理、收获,都不用躬亲,全由荷桥村的村民代劳;而时时收获的蔬菜及逢季收获的粮食,都能免费快递到家。

现代科技的应用,也给土地承包插上了新奇翻飞的翅膀,土地承包者可以通过手机视频随时观看自己的庄稼地里蔬菜粮食的生长情况，也可以通过手机上相应的 App 软件，实现远距离遥控施肥、洒水、开启或关闭驱虫灯……让虚拟的操作与现实的管理准确无误地呼应。

如有闲暇，承包者还可以驱车前来自己的土地赏玩，体验一下农家生活。因为这一亩土地里设计有小花园、小水池、亭台桌椅、菜地、粮田、果园、鸡舍……

春天，你可以听蛙鼓虫琴演奏的远离重金属的轻音乐，看"雨打灯难灭，风吹色更明。若飞天上去，定作月边星"的萤火虫们表演的舞蹈。

夏天，你可以感受农人"昼出耘田夜绩麻，村庄儿女各当家"的不易，也可以在爬满凉棚绿房翠盖的葡萄藤下，看着一串串诱人的葡萄，享受"葡萄美酒夜光杯"的醉饮惬意。

秋天，你可以感叹"秋风起兮白云飞，草木黄落兮雁南归。兰有秀兮菊有芳，怀佳人兮不能忘"的意境，也可以思索"人生若只如初见，何事秋风悲画扇"的甜蜜因果。

冬天，你可以面对"日暮苍山远，天寒白屋贫"的环境，遥想并期待春天的美丽，同时也像蜡梅那样有凌寒独自开的傲骨。

白天，你可以看庄稼们在阳光雨露下怡然快乐地生长，感受农人视庄稼如圣灵的恭敬。

晚上，你可以在看够星星、月亮、流星雨之后，在新型农场修建的宾馆或民宿里过夜。

在这里,春花、夏荷、秋实、冬蔬,皆是风景。

在这里,白天、晚上、晴天、雨天,皆有诗意。

暧暧远人村,依依墟里烟。

狗吠深巷中,鸡鸣桑树颠。

户庭无尘杂,虚室有余闲。

久在樊笼里,复得返自然。

这是一种境界,也是追求品质生活的人们的向往。

菠萝村的故事、荷桥村的故事不正类同于周克芹笔下所描写的简阳农民的创新精神吗?年代不同,求新求变的精神未变。

无论是在菠萝村游走,还是在荷桥村赏玩,目光所及别具一格令人赞叹的美景,我都会有这样的念头冒出来:40年前,周克芹写出了农村改革文学报春花似的作品《许茂和他的女儿们》,要是今天他还在世的话,会不会又写出一部新时代农村振兴报春花似的小说来呢?

简阳羊肉汤"鲜"压群芳。对"鲜"这个字的分解与整合,其实也说明简阳人在追求"鲜"及"极鲜"的同时,本色未改,崇尚创新,也恪守传统。

在荷桥村游玩之时,我看到一户农家门前有一蓬攀附在架子上的瓜藤生长得生机盎然,阳光下泛着光泽的藤上还结了不少诱人脆嫩的白色菜瓜。从农村考上大学进城,远离农事很多年的自己突然乡愁泛滥,禁不住掏出手机拍起照片来。

这时,屋里出来了一位大爷,笑眯眯地看着我。继而,又出来了一位大娘,看我正在拍照片,便对我说这些菜瓜很嫩,很好吃,也没有打过农药。

"天这么热,你吃一个菜瓜吧,很解渴的。"

我以为她这是向我推销菜瓜呢。因为我游玩的这个地方已经被打造成了旅游景点,时有城里人前来游玩。

骄阳似火,天气确实太热,也真有些口渴,因而我同意了。

于是大娘钻进瓜藤之中,不一会儿便摘了一个白色的菜瓜给我。"这个瓜很嫩,也很干净,不用洗就可以吃的。"她一边将菜瓜递向我,一边对我说。

"多少钱呢?"我接过菜瓜后问。

"哪用给钱呀?你觉得好吃,我就开心了,不要钱的。"

大娘的话令我很感动,但我依然要给钱,可大娘和大爷都坚决不要钱。

民风古朴,村民热情善良,令我有一种回家的感觉。

谢过大爷大娘之后,我开心地转身离开了。

路上,我却没有吃这个菜瓜,主要是担心吃不完浪费了。这个菜瓜至少有半斤重呢。

"哎呀,你手上这瓜真诱人呀!"这时,十月文艺出版社的著名编辑王淑红看到我手上的菜瓜后,惊叹道:"这瓜是你刚买的吗?咋不吃呢?"

"不是买的,是一位大娘送给我的。"

我说着,将手上的菜瓜掰了一半给她:"尝尝,应该很好吃的。"

她咬了一口后,感叹道:"确实好吃!清香爽口,肉脆且嫩,汁多而甜,而且好新鲜!"

"当然新鲜呀!刚从瓜藤上摘下来的呢!"

"瓜藤上现摘的呀?那我想看看结着瓜的瓜藤的样子。"

"那我带你去。"

于是我折返回去,把王淑红带到大娘家门前那一蓬瓜藤前。

"哇!这瓜藤真能干,结的瓜真多!"

听到王淑红的惊叹后,刚才那位大娘又从屋子里走了出来,见到我们拍照,又见我们在吃着菜瓜,便笑眯眯地问我们好不好吃。

王淑红脸上写满了感激:"太好吃了!"

"如果觉得好吃,那就摘一些拿回家吃吧。"

"不用不用不用!"王淑红急促地说,"我住北京呢,要几天之后才回京呢。"

"没关系,瓜藤上很多呢!这菜瓜放几天不会坏的。"

大娘说着走进屋子,拿出一个手提纸袋后,便拎着袋子钻进了瓜藤中采摘起来。不一会儿,便摘了半袋子菜瓜,每个菜瓜都一样嫩,一样诱人,一样丰满匀称。

感动得不行的王淑红如先前的我一样坚持要给钱,但是大娘再次谢绝了。

王淑红感激地说:"简阳真好!简阳人真好!"

是的,简阳真好!简阳人真好!

这也是我的感觉!

虽然毅然决然地抛弃时位,我所追求的那一度成为学友们口中佳话的爱情,无奈地被骨感的朝暮相处像刺猬般扎得有疾而终,自此佳话变成了笑话。但是我与简阳的爱却在岁月的流逝中愈发浓烈,这方水土给我的感觉也越发稔腻温雅,娴婉而又暖煦。

世间花叶不相伦,花入金盆叶作尘。

惟有绿荷红菡萏,卷舒开合任天真。

远山含黛,近荷凌波。

荷桥村因地制宜地进行全域景观化、景区化的设计,推进了农业产业标准化、绿色化、品牌化建设,并以民宿聚落、康养中心农事体验、创客基地等项目为载体,配套上下游产业,通过"公司+专业合作社+农户"的模式,调整优化产业结构,培育和壮大了第三产业。既尊重大自然的资源天赋,又智慧地按照现代都市农业的定位发展;既打了一副令人流连的情怀牌,又改变了结构单一的传统农业发展模式,运用最新智能科技,推动农商文旅融合发展……不得不说,这种因地制宜的创新尝试,是令人欣喜的。

如今,荷桥村成立了股份经济合作社、土地股份合作社和荷园农业开发有限公司,村民们实现了流转土地有租金、进园务工有薪金、参与入股有股金、集体经济有分红的幸福生活。

邱龙俊家里有土地7亩多,全部流转给蓝剑集团后,每年的租金收入有5000多元。他自己也顺利进入了农场务工,每个月固定工资2450元,全年下来工资收入近30000元,加上分红,他的个人全年总收入超过35000元。

而经营民宿,还将有另一部分收入。

7月的炙阳之下,在荷桥村,在这片农村新貌的绽开地,在一片盎然柔美的田田莲叶边,我与著名小说家刘庆邦循道徜徉,感叹之声连连。

阳光澄澈,洒在我久未灿烂的心空;青莲逸香,荡涤我污浊浸染的肺腑。我忽然是那么强烈地热爱这片土地。

热爱,何止因为一道美食?

是的,它的纯朴与热情是那么透彻,它的气质与天赋是那么清芬。

——原发2020年10月16日《金融时报》、2023年1月20《光明日报》

妙对成都

有关部门在搞"我心中最成都的城市标语建言"征集活动,针对"公园绿道场景""天府文化场景""社区场景""交通枢纽场景""互联网场景""学校场景""赛事场景""产业功能区场景""政务服务场景""商业场景"等,希望应征者能各写两到三条标语。生于川北南充的我是"蓉漂"一族,却很爱成都,看到这个征集帖之后,便殚精竭虑地涂鸦起来。

在"公园绿道场景"方面,我写的标语是:"绿道至简,公园澄心。""公园绿道最春天,花重锦官是蓉城。""在公园绿道上行走,便是与春天和安逸做朋友。"

在"天府文化场景"方面,我写的标语是:"有安有逸谓天府,有文有化方成都。""城因发而达,人因文而雅。""文化是最美丽的花,不仅能在脸上绽放,更能明媚内心。"

在"社区场景"方面,我写的标语是:"与爱为邻,正是幸福原乡。""城市是社区的港湾,社区是家的港湾,家是我们的港湾,我们是心的港湾。"

在"交通枢纽场景"方面,我写的标语是:"前方是梦想的彼岸,眼前是秩序的花盘。""无论宽窄,每条路都连接未来;无论曲直,每个梦都始于足下。"

在"互联网场景"方面,我写的标语是:"我是互联网的小世界;互联网是我的大世界。""实现虚拟生态与现实世界互联的,是智慧、情感和规则。"

在"学校场景"方面,我写的标语是:"花朵让春天变得美丽,知识让学子变得睿智,人才让祖国变得强大。""进门风华满园,出门风光世界。"

在"赛事场景"方面,我写的标语是:"我们比拼的不仅仅是实力,也是人生的目标。""努力是春天的播种,奖杯是秋天的收获。"

在"产业功能区场景"方面,我写的标语是:"智慧与知识结晶,是财富和未来。""拼搏奋进,才能有产业;智慧加汗水,是成就的功能。"

在"政务服务场景"方面,我写的标语是:"民心是天,政务是地。""热情是服,真情是务。"

在"商业场景"方面,我写的标语是:"买买卖卖的是供需,来来往往的是情感。""售卖的是商品,经营的是情义。"

当我将自己所写的应征标语提交上去之后,有关部门又发了一个补充征集令,希望标语针对外地青年人,以令其向往成都;同时内容要侧重体现天府文化的"创新创造、优雅时尚"等内涵,以展现成都是时尚之都,崇尚创新创造;而且文字不能太直白,须有一定哲理性和文化底蕴。眼界不能局限于成都,格局要大,要有全国、全球视野。

于是我在"创新创造"方面写了三条标语:"太阳追求光明垂耀,成都追求创新创造,我们追求幸福之道。""太阳创造了光明,成都创造了富足,我们创造了人生。""太阳给天地阳光,创新给人生活力,创造给自己成就。"在"优雅时尚"方面,我也写了三条标语:"优雅是心灵的魂,时尚是视觉的花。""人因优而雅,美因时而尚。""优雅如春阳煦暖,时尚似风景照人。"在"乐观包容"方面写了两条标语:"心胸开阔,天地朗清。""乐观的人自带光环,包容的心始终美丽。"在"友善公益"方面,我写了两条标语:"善待别人,就是善待自己。""世事如镜,你笑它便笑;人事如春,你暖他才暖。"

另外,在体现成都的城市气质、城市精神方面,我也写了两条标语:"天府,太阳神鸟翱翔;成都,人生理想腾飞。""一花一世界,一美一成都。"

写完这些后,我意犹未尽,突然想到一个句子:"一年成聚二年成邑三年成都。"能不能借用这个写一条标语呢?

对呀!这不是一个很好的对联的上联吗?我要是想出一个下联来与之匹配,不也是很好的宣传成都的标语吗?

想呀想,转眼半天过去了,脑海中完全没眉目。

我想用"百""千""万"来对"一""二""三",想到"万载""千载""百载"什么的。那么"万载"什么呢?又"千载"什么呢?"百载"更是无头绪。

最关键的是,时间对时间应该并非最好的选择。

由于一时想不出个眉目来,我便在微信朋友圈和新浪微博发了一条信息:"上联:一年成聚二年成邑三年成都。求下联……"

信息发出后,不少人给出了回应,比如:"一岁修身二岁齐家三岁平国""义者乐土智者乐水仁者乐山""百般蜀城千般蓉城万般锦城"等等,我都觉得并非最满意的答案。

信息发出后,我仍一直在想这个下联,甚至把手上正要得急的一本书稿也放下了,直到凌晨依然如此。

就在我准备睡觉的时候,我想起了一个"下联":"上锦美义中锦美城下锦美人",或"上锦美天中锦美城下锦美人"。我觉得数字对方位比数字直接对数字要更好一些,因而"一""二""三"对"上""中""下"。

之后,我在微信朋友圈那条信息的评论区发出了下联,又将在新浪微博的那条信息进行了转发,在转发的文字说明里写了下联。

由于当时新浪微博转发时文字要受到 140 字限制,所以我只写了下联,而没有解读这个下联。但是微信朋友圈的评论留言区,却是可以写几百字而不受限制的。于是我在微信朋友圈对自己想的这个下联予以了解读:

这个下联确实有点烧脑。从上联看,一是"聚""邑""都"

皆是指人群的增量情况,层次有递进;二是"成都"是为人所共知的地名。所以下联也要有这些元素才行,要讲究对联的平仄,且最好与成都相关。

我自己这样对的下联:

"上锦美文中锦美城下锦美人",或"上锦美天中锦美城下锦美人"。

"一年成聚二年成邑三年成都",取自对成都这座城市名字由来的解释。

宋《太平寰宇记》(卷七二)作者乐史(字子正,生于公元930年,卒于1007年,北宋宜黄[今江西抚州市宜黄县霍源村]人,文学家、地理学家)考证,成都得名系"以周太王从梁山止岐下,一年成邑,二年成都,因名之曰'成都'"。

宋人祝穆《方舆胜览》成都府路郡名条载:"盖取《史记》所谓三年成都之义。"

今有名为《成都城坊考》一书则认为:"史称:舜耕历山,一年而所居成聚,二年成邑,三年成都。宋人因古语以释成都之义,亦无不可。"

而"上锦美文中锦美城下锦美人"中,"锦",是指锦城,成都的别称,"美文",是说成都是一座有文化的历史名城。"上锦"是指"锦上添花"的部分是文化;中锦部分是美丽的城市;而作为"锦"的部分,最重要的是人,美的人,意思是成都出美女。而"上锦美天中锦美城下锦美人"中"美天"的意思是"美丽的天府",取义于常璩《华阳国志》所载成都"水旱从人,不知饥馑,时无荒年,天下谓之'天府'也"。

评论区的信息是深夜两点发出的,结果睡醒之后,我看到不少水平很高、参与度很强的留言,很感动。其中《中国文化报》首席记者罗云川老师的留言最令我感叹:"'成都','都'为平声,所以下联(确切地说应是上联,对联上联最末一字为仄声,下联最末一字为平声)最后一个字应为仄声,才能和'都'相对,而'美人'的'人'是平声,不能和'都'相对。"

罗云川老师说得很对!

如果将"上锦美文中锦美城下锦美人"或"上锦美天中锦美城下锦美人"作为上联,而将"一年成聚二年成邑三年成都"作为下联,就会好许多。

虽然"上锦美文中锦美城下锦美人"或"上锦美天中锦美城下锦美人"作为成都的宣传标语,配合"一年成聚二年成邑三年成都",我觉得还不错,但作为对联,我对自己所想的这句,其实心中是很不满意的,甚至觉得可能贻笑大方了。

所以,方家大可以批评指正,一起来妙对成都。

外婆的乐山

乐山名气很大。

乐山为人所知也多与其旅游业有关。

我与乐山的感情早于旅行,而我与乐山的接触始于旅行。

这是一次难忘的旅行。

在20世纪80年代中期一个暑热难当的七月,一个流浪般的少年,暂别南充一个固守了16年的熟悉而又穷困的村庄,第一次离家出走,坐着破败简陋且气喘如牛的客车,一路向西,穿行在陌生的环境里,灰头土脸地到了成都。

然后,他又从成都出发,一路向南,朝着同样陌生的乐山行进,不舍昼夜……

这是我成长年轮中一个毫无诗意且刻骨铭心的镜头。

重点不是讲自己的旅行经历,而是此次行程的目的地。

时光荏苒,多少往事都已随碌碌的生活而消逝,但这段记忆不时浮现在中年的我的脑海之中,鲜活如初。

它并非我生活中可有可无的偶然,而是我生命中明媚粲然的晴天。

因为这个目的地,是我命运中的祉祥。

它书写着我的血脉与亲情,成就着我的梦想与人生,连接着我的故乡与他乡,承载着我的今天与过去,记录着我的现实与回忆……

它是乐山,一座被世界最大的佛守护了千年的城池,我外婆所在的城市,我母亲的故乡。

母亲如一颗种子,在这方天地发芽,生长,然后走向成都读大学,芳华熠熠;继而,投入轰轰烈烈的新中国的建设之中,并爱上了军营里的父亲;再后,随走出军营的父亲来到我的故乡——四川省南充县大通公社……

大通,这座自明至清有过淡淡驿站风光的小镇,寂寥地横呈在地貌平平的红丘陵中,被贫瘠严严实实地包裹着。

父亲的根在这里,当他从成都军区的大院回到这方曾生他养他的土地时,却又像跌落蓝天孤飞的鸿鹄般落寞。

在那个年代,父母亲是我们公社少有的见过大世面的人,但很快,贫困交加、饥肠辘辘便成了他们生活的主色调。

我无法想象,一脚踏上这片异乡土地的母亲当时有着怎样的心情,但我能想象她一定茕茕孑立。我也能想象,心中装着爱情的她,没有叹息和徘徊。既然来了,便笃定坚守。

然而,尽管始终如一地勤劳,贫瘠的土地回报他们的却只有布衣粗服,食不果腹。

母亲,这朵来自城市的娇花,从此开始在泥泞而艰辛的贫穷沼泽中挣扎;而这时源源不断的资助便自遥远的娘家来了,来自外婆的乐山,舅舅的乐山,姨妈的乐山。

乐山,在我心中是一种神奇的存在,温馨的存在,眼泪、牵挂和向往的存在。

但那个时候要去乐山是何其难啊!

从南充到乐山,必须经过成都。南充、成都与乐山,各在一个三角形的顶点之上。

当时从南充到成都没有火车。从南充出发,客车在国道318线上摇呀摇,要经过十多个小时才能到成都。而要到乐山,又要摇七八个小时,所以通常会在成都住一宿。

我自己第一次乘坐火车,就是到乐山。

这是成昆线华章上的一个逗点,也是我生命之树上的一道雕刀刻痕。

当时成都与乐山之间也不通火车,成昆铁路如一个喜欢峭壁危崖的生灵,始发成都,经新津、彭山、眉山这些平原城市,却偏执地从夹江的右侧向山地挺进,由峨眉向南,过峨边、金口河、汉源、甘洛、普雄、西昌、攀枝花……将乐山抛弃在了一边。

从成都到夹江有火车,而夹江是从成都到乐山的一个必经县城,因而从成都到乐山可以先到夹江,再坐车到乐山。

掐指细算,从成都坐火车到夹江,再从夹江坐客车到乐山所花的车费,比直接从成都坐客车到乐山所花车费至少要少三分之一,于是我选择了先坐火车再坐客车的方式。

从成都出发,每个小站都要上下客的火车,要开好几小时才能到夹江。所以,我选择了一个夜晚的时段,火车到夹江后,是夜里3点多,我便可以在车站外面的广场上等到天亮,然后到汽车站买客车票前往乐山,这样住宿的钱也省了。

陌生的人潮,陌生的火车,陌生的眼前,陌生的未来……少年出门远行,瑟缩且孤独地穿行在陌生之中,奔向心中向往的城市。

理想中的乐山是美好的,但千思万想后出现在眼前的乐山超出我的想象:它除了是一座旅游城市,一座交通情况令人头痛的旅游城市,除了有世界第一大佛之外,也许还没有南充好。城市很小,街道逼仄,屋舍破旧,卫生情况不如人意,城市格局也如波浪起伏。

彼时的乐山,只有人民西路、人民南路、人民东路、人民北路、叮咚街等几条稍微像样的街。这座城市滨水而居,由水码头发展而来。虽嘉州、嘉定特色鲜明,但依今之眼光看昔之该市,仅一大镇而已。

那次,我在乐山人民南路的六舅家、乐山四中的四姨妈家,还在通江王河的二舅家加起来生活了近一个月。这座城市没让我感受到繁华的气息,却让我感受到了传统文化的深厚。"仁者乐山,智者乐水",乐山有佳山,更有佳水,是既仁又智。

在通江王河,外婆家的老宅子依旧,木质结构,有楼上楼下两层。也许外婆的气息尚在，但外婆的身影已消失十多年了。

住在外婆老宅里的二舅，给我摆了很多关于乐山的龙门阵，人事、花事、景事，还有文化风雅……

走在这座慈云荡漾的城市的街道上，即便我没有刻意寻找，曾见证过父母青春韶华以及甜美爱情的乐山，也总会回荡起曾经的苦涩生活中的天伦之乐，以及血脉里割舍不了的情感和亲切。

在乐山，我还吃到了这方天地非常有特色的美食：跷脚牛肉、藤椒鸡、西坝豆腐、棒棒鸡、甜皮鸭、钵钵鸡、荤豆花……

这座城市的美好，不仅仅在于有亲情，有风景，有美食，还在于有慈柔的善良。近一个月的客居，让我感受到了外婆的乐山的温暖。

大渡河、青衣江以及岷江从悠远的时间上游奔腾而来，又奔向宏阔无边的未来，总是让我浮想联翩。

我爱乐山，已经不仅是一种血脉相连的亲昵，以及春节般的喜悦和美好愿景，我还爱乐山日新月异的发展。

那之后，我又去过乐山好几次。

慈祥地坐落在三江交汇水畔的乐山，在凌云山阳光普照下的乐山，一次又一次如外婆般拥我入怀的乐山……已不再陌生。

我也欣喜于有着厚重岁月包浆的乐山在一天天变化，就如春天的风景，在暖霖的润泽下，蓬勃盎然地焕发生机，亦如全国其他地方的城市面貌一样，一天天变得更美起来、更好起来。

2009年,我带着幼子,陪尚健在的父亲坐着旅游客车,在已经变得宽阔的公路上奔驰,重回乐山,这时的乐山已经有了很大的变化。二舅不在了,我只能在车上朝通江王河地名所在位置望了一眼又一眼,而没有下车去寻找旧迹。然而目光所见,已然看不见任何旧貌,取而代之的是崛起的新城。

2014年,我又去乐山,随行的还有哥哥和儿子。乐山通火车了,这次挺快捷的,从成都东站出发,坐动车,一个小时便到目的地。而乐山的城市建设更是翻天覆地,不仅城域大扩容,高楼林立,道路宽阔,而且城市绿化也很上档次,有一种大都市的感觉……

虽然母亲的生命时针已经停摆了三十多年,但母亲的乐山,我从未见过面的外婆的乐山,依然是我心中感情最深,分量也最重的城市之一。

爱自灵魂,爱自血脉。乐山之爱,在岁月深处,越加沉郁。

当然,本是一座旅游城市的乐山,也在时代的进步中,越发成了风景。

——原发2021年7月22日《解放日报》

花事桃源

这本是一个花事荼蘼的季节。

我顶着孟夏的烈日来到这里时,却没想到竟置身花海之中。

乡村振兴是近年冒出来的一个热词,正觉寺村也有这样的一个乡村振兴的景点,正名叫"寺外桃源"。但我是带着再见一次司空见惯的景观的心态来到这里的。我对这方天地的景致,其实并没有抱太大的期冀。

自考上大学后,自己就随户口一起"移栽"到了城里,且在城里生活了几十年,但我骨子里始终把自己当作农村人。所以我喜欢农村,喜欢土地清新的味道,喜欢庄稼奉献的模样,喜欢低调勤劳的气质……

是的,我喜欢红尘烟火原生态的农村风景,不喜欢搔首弄姿涂脂抹粉时尚的城市风情。

走在整饬过的有月季簇拥的乡村小路上,视野之内,所见风光,似曾相识。看惯了描眉画眼的城市公园,其实更喜欢农村田园不事雕琢的粗犷。

远山含黛,近水蕴蓝,这是清水芙蓉般的美。

真正的农村,清逸翛然。

在这里,在寺外桃源,我遇见了花海。

农村是庄稼的故乡,而花是农事的陪衬。城里人爱花之娇媚,那是物以稀为贵。农村人无睹芳容灼灼,只因熟悉的地方没有风景。

忙人种稼,闲人莳花。

这也是生存状态使然。

对农村人来说,最美的风景不是花,而是稼。

粉红似爱的玫瑰,鲜红如血的月季,碧者莲,粉者荷,还有蒲公英的洋洋洒洒……我喜欢徜徉于鲜花丛中,虽然心灵感应并不强,但被芬芳沐浴,也是一种享受。

中午,去了一户民宿午休。

山水之间,碧绿丛中,芳邻相伴,气派而干净的房子令我艳羡。

我的理想是有一片自己的土地,有一座漂亮的房子,有洁净的空气,能耕能读,可车可步,家人相伴,红袖添香……

诚哉斯言。

"每个人心里都有一亩田,每个人心里也有一个梦,一颗种子是我心里的一亩田,用它来种什么?种桃种李种春风。开尽梨花春又来,那是我心里的一亩田,那是我心里一个不醒的梦……"

浪迹天涯、见多识广的三毛,心中的愿望,也不过如此。

有漂亮房子,有美丽土地,有绿水青山的生活环境,正觉寺村村民的生活真是可以。

漂亮的,还有房东夫妻的笑脸。虽已是孟夏,但他们带给我的是拂面的春风。

女房东带我走进房间,华屋整洁,玫瑰覆床,浪漫满室。

写字桌上的果盘里,放着一盘鸡蛋大的枇杷,看上去像杏一样,但比杏光洁、腻润。

带我进房之后,女房东客气地说:"吃吧,这枇杷新鲜。"

品相诱人,再加上天热口燥,确实想吃,但又不敢,我怕金玉其外,酸涩其中。

酸,非我所欲。

我微笑着说:"谢谢,这枇杷看上去不错。"

"不算钱的,你们能来玩就是支持我们了。"

"不是这个意思。"

女房东明白了我的意思:"很甜的,吃吧。"

尝尝,果然甜,甜如他们的农家生活吧。

见我美美的表情写在脸上,女房东很高兴:"继续吃吧,吃了还有呢。"

这么热情,我便与她聊了几句,问他们村的土地是不是被流转了,流转之后好不好之类。

她说比以前收入要高,不仅有土地流转的费用,年年可以分红,还可以在村里打工挣钱,做民宿接待前来游玩的人也能挣钱。

女房东还特别强调,村里的老人现在每个月都能领到200元的退休工资,以前这简直是不敢想的。

我知道,朝朝代代,面朝黄土背朝天的农民,往往都是干活干到老得不能干之后才会歇着,而歇着之后就只能靠子女来赡养自己了。

有孝顺的儿女当然没问题,儿女不孝顺该咋办?

现在农民也有退休金了,这当然太好了。

我问是谁发的这个钱。女房东说,是王新。

王新是谁?

女房东说,王新就是正觉寺村的村民,他10多岁的时候外出打工,后来发达了,内心有着深深家乡情结的他便开始回报村民,正觉寺村的土地流转就是他搞的。

我耳朵听着,心里并不感动,这可能就是一个暴发户的挣名故事吧。

但后来了解到的一些情况,改变了我先入为主的观念。

王新对父老乡亲的回报,并非流行土地流转这几年才开始的,而是已有17年了。

那是2002年,多年未从江苏省昆山市回家的他,回到四川省南充市南部县伏虎镇正觉寺村之时,发觉有几件事令他心痛:外面的世界已经变化很大了,但家乡的面貌如时间停滞,岁月深处的贫穷依旧,令人汗颜的陋习依旧,短浅的眼光依旧。

什么陋习呢？

虚荣、落后、传统道德缺失……

虚荣主要体现在物质攀比上：那些外出打工的人累死累活的，日子并不容易，一年到头好不容易存下几个钱，结果春节期间回家为了标榜衣锦还乡，便聚众豪赌，没几天就输得精光，打架斗殴之事也因之时有发生。

落后主要表现在不爱干净，不讲卫生，随地吐痰，不求上进，得过且过上。

传统道德缺失就是部分人不孝敬父母，不讲究诚信，不热情友爱。

王新想一点一点地改变父老乡亲这些不好的方面，提高村人的素质，慢慢让他们跟上时代的节拍，勤劳、奋进，甩掉贫困的枷锁。

他决定第二年春节还回家乡，并自己出资把村民组织起来，搞一台乡村春节联欢晚会，分散他们参与赌博的注意力和时间，传播或振兴传统文化、传统道德。

没想到，2003年他出资并倡议举办的乡村春节联欢晚会吸引了很多村民参加，大家既觉得新鲜，又热情高涨。相比于之前，参与赌博的人少了许多。

从此，他就每年春节都自己出资搞这样一台乡村春节联欢晚会，到2020年已连续搞了17年。赌博，也因之在正觉寺村销声匿迹。

让村民戒赌只是一个方面,真正的目的是想村民快乐,是想提高村民的素质。

在搞乡村春节联欢晚会的同时,王新每年春节还都给村里的老人以及贫困家庭发钱、发礼物,以倡导村民之间的友爱之风,倡导村民孝老敬亲。

他在江苏省昆山市办有工厂,他也尽量招收村里的劳动力做厂里的职工。他还回到村里办公司,又把村里的土地进行流转,再后来则在村里搞起了乡村旅游。

王新除了自己出资连续办了17届春晚,每年给正觉寺村80岁以上的老人每人每月发放200元慰问金,每年重阳节及春节给村里60岁以上老人发送慰问礼品,捐资助学外,还为村里捐资修建了米面加工房、文化舞台、老年活动室、文化广场、忠孝广场、体育广场、文化长廊,并扶贫济困、助残助学,更兴修公路、筑石河堰、整治河道、美化村庄、安装路灯、创建乡村旅游景区……近20年来,累计投入了3000多万元。

另外,他还独家斥资拍摄了《在南部的天空下》《心放升钟湖》《双峰风情》《走进马王乡》《店垭花灯》等多部公益影片,制作了30集长的民间传统文化纪录片《川北旧事》,以展示川北地区的民风民情、传统文化。

他一步步地为家乡投资,家乡的面貌也在一步步改变。

村民口中所讲的王新与正觉寺村的这些故事,如芬芳拂过我的心田。

这世间,再美的风景也美不过情怀。

有情怀的风景才是活的风景。

也许游人眼中的花是那么美丽,但在王新眼中,他所追求的不是这些花的美丽,因为年年岁岁花相似。他要追求的是岁岁年年人不同。

此时,我再看到匝道上的美丽的月季、成片的诱人的玫瑰,以及濯清涟而不妖的荷,却觉得它们没有那么美丽照心了。因为有更美丽的花,蓦然之间,盖过了这些花的芳颜。

这是一朵朵开放了17年的花。

这是一朵朵眼睛看不见却又真实存在的花。

这是一朵朵心花。

心花,不受节令控制,既娇气、贵气,也大气。

但心花开放,得具备一个条件,一片生存土壤。

这个条件,这个土壤,就是幸福。

我突然有些兴奋。有一首诗也从脑海中油然冒了出来:

人间四月芳菲尽,

山寺桃花始盛开。

长恨春归无觅处,

不知转入此中来。

这首诗不是我写的,是唐人白居易写的。

确实,除了既饱满多汁又甜蜜如同初恋的黄色枇杷,浓缩着许多童年故事精华的农家菜,许久没见面天各一方的文友的笑脸这些诱人的事物之外,我见到了最美丽而又最灵动的风景。

这个村的名字取得也有意思。"正觉",意即"精神的自我完满"。

乡村振兴的目的,说到底就是创造心花绽放的土壤。而他已经创造了17年了。

鲜花在这里绽开,比周围早了17年。

这实在难得。

当然,"正觉"二字是来自"正觉寺"。该村有寺,名正觉寺。

……

灯明闻犬吠,

松暗见萤飞。

深夜长廊静,

多应独自归。

这是一首与正觉寺有关的诗,作者为元代的萨都刺。

不过,这首诗中的正觉寺风景,不在这里,而是在北京市圆明园。

虽是如此，其意境却殊途同归，而且远离喧嚣的此地，风景更加正牌。

自晋陶渊明始，人们一直在寻找桃源。代代觅踪，脚印连绵，然所遇之处皆为赝景。

实境不得，牵强附会的地名却不少，衍生的诗词歌赋更是多如牛毛。

细想，桃源也许就是一个理想。理想本来就生长在遥远的地方，属于"得不到"或者"已失去"。也难怪"一涧入苍烟，千花绕涧边。花开与花落，流水送流年"。

桃源如仙境？汝当何处寻？

难免哂然。

细想之，桃源亦凡烟，理当有处觅。

寺外桃源，当然种有桃林，也是"芳草鲜美，落英缤纷"，"土地平旷，屋舍俨然，有良田、美池、桑竹之属。阡陌交通，鸡犬相闻"。

寺外桃源有一岭，名庄子岭，岭上有一《百笑图》，采自村中老人的笑颜，亦契合"黄发垂髫，并怡然自乐"之一种。

……

这样对号入座实在有趣，但也牵强，或傻得可爱。

倘刻意如此，止增笑耳。

为什么一定要与虚拟的桃花源碰瓷呢？正觉寺村并不比文学

作品中的桃花源差,这些年先后被评为"四川省文化示范村""乡风文明先进村""中国村庄 2019 幸福村"。

王新本人也先后获得国家、省、市颁发的"全国敬老爱老模范人物""文化爱心大使""最美孝星""四川好人""孝亲敬老楷模""慈善先进个人"等荣誉。

桃源,何尝不是一种心境?
你有桃源一般的心,定会看见桃源世界。
因为,幸福是一种境界。
幸福来自追求,追求始自热爱,热爱自是一种幸福。
既如此,心花,就是桃源。

——原发 2020 年 7 月 31 日《金融时报》

大雅眉山

眉山于我并不陌生。它与我是血缘与亲情的依依聚散。

因为外婆家在乐山,虽然我生来便没见过外婆,但是舅舅、姨妈在乐山工作,少时的我要去舅舅、姨妈家,从南充老家出发,就得经过成都、新津、彭山、眉山、夹江,才能到乐山。

那时的眉山跟四川盆地的其他地方大同小异,阡陌纵横,田畴播植,烟村低矮,屋舍拙陋,杳杳天地,苍苍林竹。

眉山在我心中是有分量的。学龄之时便从语文课本中知,自明初朱右编成《八先生文集》始,散文"唐宋八大家"称谓流行于世,而苏洵、苏轼、苏辙父子则占了三席,苏东坡更是被誉为"千古第一文人"。嘉言善行的苏轼(苏东坡),及其父亲苏洵、弟弟苏辙,便是从此瓦屋数闲的钟灵毓秀之地走出的。

眉山,旧称"眉州"。物华天宝、人杰地灵,是眉山殊绝,迥如灿阳之处,仅两宋期间,便有886人考取进士,成为我国历史上著名的"进士之乡",被誉为"孕奇蓄秀当此地,郁然千载诗书城"。故而,眉山在我心中其位至圣,我对这方天地充满敬慕。

不过,我对眉山的了解也不过尔尔。多少次我从眉山经过,皆为擦肩。透过车窗的玻璃,我所看到的是如雷贯耳却隔着距离的名气,遥想的是星光熠熠似已被岁月尘封的人文。

近日,随着由生态环境部宣传教育司、中国作协社会联络部主办,《中国环境报》社、四川省生态环境厅、四川省作家协会承办的"大地文心"生态文学作家采风活动走进眉山市,我才顿然明白,眉山的美与好不止光耀历史的人文,还有令人流连的自然生态。

在德国、瑞士、英国等欧洲国家,城市湿地公园并不鲜见。然而在眉山,此次我也见到了一座令人震撼的城市湿地公园——眉山市东坡城市湿地公园。公园占地两千五百多亩,集湿地保育、科文教育、游憩休闲功能于一体,这是目前四川地区最大的城市湿地公园。

眉山何以如此重视生态保护?这与受苏轼魅力的影响不无关系。

苏轼是北宋中期的文坛领袖,在诗、词、散文、书、画等方面纵横恣肆,成就卓然。他的诗题材广阔,清新朗迈,与黄庭坚并称"苏黄";他的词匪夷豪放,吞吐大荒,与辛弃疾并称"苏辛";他的散文著述宏富,潇洒俊逸,与欧阳修并称"欧苏";他的书法也是超凡脱俗,酣畅淋漓,为"宋四家"之一;他的绘画,无论墨竹怪石,还是枯树残枝,皆悠远脱俗,情致深远,被视为瑰琪。

苏轼除了是著名的文学家、艺术家以外,还是生态倡行者。

"阴晴朝暮几回新,已向虚空付此身。出本无心归亦好,白云还似望云人。"(苏轼《和文与可洋川园池三十首·望云楼》)白云的故乡是虚空的,出山也好,归山也罢,都心情恬淡,秉持自然。

统计数据表明,在苏轼留存于世的两千七百余首诗歌中,可归类于山水诗者,约占五分之一。如《惠崇春江晚景》:"竹外桃花三两枝,春江水暖鸭先知。蒌蒿满地芦芽短,正是河豚欲上时。"《饮湖上初晴后雨二首·其二》:"水光潋滟晴方好,山色空蒙雨亦奇。欲把西湖比西子,淡妆浓抹总相宜。"《题西林壁》:"横看成岭侧成峰,远近高低各不同。不识庐山真面目,只缘身在此山中。"

在苏轼的三百多首词中,纯以山水为题材者有近两百首之多。如《江神子·江景》:"凤凰山下雨初晴,水风清,晚霞明。一朵芙蕖,开过尚盈盈。何处飞来双白鹭,如有意,慕娉婷。忽闻江上弄哀筝,苦含情,遣谁听!烟敛云收,依约是湘灵。欲待曲终寻问取,人不见,数峰青。"《满江红·寄鄂州朱使君寿昌》:"江汉西来,高楼下、蒲萄深碧。犹自带、岷峨云浪,锦江春色。君是南山遗爱守,我为剑外思归客。对此间、风物岂无情,殷勤说。江表传,君休读。狂处士,真堪惜。空洲对鹦鹉,苇花萧瑟。不独笑书生争底事,曹公黄祖俱飘忽。愿使君、还赋谪仙诗,追黄鹤。"《水调歌头·黄州快哉亭赠张偓佺》:"落日绣帘卷,亭下水连空。知君为我新作,窗户湿青红。长记平山堂上,欹枕江南烟雨,杳杳没孤鸿。认得醉翁语,山色有无中。一千顷,都镜净,倒碧峰。忽然浪起,掀舞一叶白头翁。堪笑兰台公子,未解庄生天籁,刚道有雌雄。一点浩然气,千里快哉风。"

因此,亲水爱山、崇尚自然的苏轼,是中国山水文学发展史上一座峻拔伟岸的高峰。

眉山市东坡城市湿地公园以"水""绿"为底,处处彰显东坡文化。这既是一种保护生态运斤成风的举措,也是一种回归自然文化的弘扬。

笃行"上善若水"之道的苏东坡,一生不仅视山水为友,而且推崇并施行水利万物的自然属性,其间故事甚多。

苏辙《栾城集》有这样的记述:

白密徙徐。是岁,河决曹村,泛于梁山泊,溢于南清河。城南两山环绕,吕梁百步扼之,汇于城下。涨不时泄,城将败,富民争出避水。

公曰:"富民若出,民心动摇,吾谁与守?吾在是,水决不能败城。"驱使复入。

公履屦杖策,亲入武卫营,呼其卒长,谓之曰:"河将害城,事急矣,虽禁军,宜为我尽力。"

卒长呼曰:"太守犹不避涂潦,吾侪小人效命之秋也。"执梃入火伍中,率其徒短衣徒跣持畚锸以出。筑东南长堤,首起戏马台,尾属于城。堤成,水至堤下,害不及城,民心乃安……

这实际是苏轼在徐州治水的故事。之所以治水,是因为水可载舟,亦可覆舟,前任太守未重视水之自然属性,未按其自然属性筑堤防灾,遂灾至城下,猝不及防。

因而他在徐州期间建苏堤、筑黄楼、植青松,于徐门石潭祈雨,于汉高帝庙祈晴,于萧县雾猪泉祈雪……

"仁者乐山,智者乐水。"

早于徐州与雨与水的故事,在苏轼26岁时便发生了。是年,他受命任陕西凤翔"签判",见衙后有一荒地,觉弃之可惜,便遣人掘沟引水,垒墙修圃,修成花园,且在园中土丘之上造一亭。由于当时旱灾严重,禾苗枯焦,他被派往太白山求雨,之后透雨降下,美若甘霖,百姓由是欢呼。苏轼亦喜不自禁,便在宴饮祝贺之余,为园中之亭取名"喜雨亭",又著一文,名《喜雨亭记》:

> 亭以雨名,志喜也。古者有喜,则以名物,示不忘也。周公得禾,以名其书;汉武得鼎,以名其年;叔孙胜敌,以名其子。其喜之大小不齐,其示不忘一也。
>
> 予至扶风之明年,始治官舍。为亭于堂之北,而凿池其南,引流种木,以为休息之所。是岁之春,雨麦于岐山之阳,其占为有年。既而弥月不雨,民方以为忧。越三月,乙卯乃雨,甲子又雨,民以为未足。丁卯大雨,三日乃止。官吏相与庆于庭,商贾相与歌于市,农夫相与忭于野,忧者以喜,病者以愈,而吾亭适成……

苏轼乐山乐水,喜雨恶泽,都非溺于自己的狭隘志趣之中,不是乐己所乐,恶己所恶,而是乐百姓所乐,恶民生所恶。

他的治水之举不仅在徐州留下佳话,在杭州也有著名的"苏堤"。

这是一条贯穿西湖南北风景区的林荫大堤,是北宋元祐四年(1089),苏东坡任杭州知州后,疏浚西湖,利用浚挖之泥堆筑而成的。

修建的该堤亦为民生。因为西湖经年未浚,淤塞过半,湖中野草丛生,严重影响农业生产。苏东坡疏浚西湖之后,又发挥了他作为文豪的浪漫主义特长,号召百姓在堤旁遍种垂柳、碧桃、海棠、芙蓉、紫藤等花木。此后,平常漫步堤上,不仅能见如镜湖波,照水桥影,闻啁啾鸟语,拂舒卷柳丝,春风每至,该堤更是红桃如雾,红翠间错,灿烂如锦。

苏轼曾作诗记载:"我来钱塘拓湖绿,大堤士女争昌丰。六桥横绝天汉上,北山始与南屏通。"

杭州人民为纪念他治理西湖的功绩,把大堤命名为"苏堤"。而今,苏堤不仅成了伟大的治水工程古迹,"苏堤春晓"还位列西湖十景之首。

苏轼除在徐州和杭州留下生态工程外,在惠州,也有他主持落成的民生工程流传至今。

苏轼在惠州居留的三年间,对惠州西湖的建设颇为热心。为了修筑"苏堤"和"六如亭",连身上的犀带也捐献了,还捐出大内赏赐的钱和黄金,以修筑东新桥、西新桥和大堤。不仅如此,他还时常巡视施工进度,监督施工开支。

东坡治水,善用自然之力。眉山市城市湿地公园彰显了苏东坡的治水理念,使水绿共融。

一生命运多舛的苏东坡,无论是身居庙堂之高,还是处江湖之远,心境都和悦旷达、逍遥超逸。而且,他还爱人惜物,爱民为民,力行善政,并德及草木,恩施动物,抱朴守真,敬畏生命,崇尚天人合一。

此次走进眉山,我对此感受深刻。

古之眉州,曾管辖丹棱、洪雅、青神等县,今之眉山亦然。

洪雅的瓦屋山,系中国历史文化名山,是道教发祥地之一,被誉为"中国鸽子花的故乡""世界杜鹃花的王国",近年名气日盛,为之著文者众,其最大亮点也在于生态。

青神因是苏东坡原配王弗故里,也声名远扬了近千年。

多少人随口能诵的"十年生死两茫茫,不思量,自难忘。千里孤坟,无处话凄凉。纵使相逢应不识,尘满面,鬓如霜。夜来幽梦忽还乡,小轩窗,正梳妆。相顾无言,惟有泪千行。料得年年肠断处,明月夜,短松冈",便与青神有关。

从《诗经》始,便有悼亡诗,最有名者,有西晋潘岳的《悼亡诗三首》:"荏苒冬春谢,寒暑忽流易。之子归穷泉,重壤永幽隔……"中唐元稹的《遣悲怀三首·其一》:"谢公最小偏怜女,自嫁黔娄百事乖。顾我无衣搜荩箧,泥他沽酒拔金钗。野蔬充膳甘长藿,落叶添薪仰古槐。今日俸钱过十万,与君营奠复营斋。"以及晚唐李商隐的《暮秋独游曲江》:"荷叶生时春恨生,荷叶枯时秋恨成。深知身在情长在,怅望江头江水声。"

潘岳、元稹和李商隐的悼亡诗作都悲切感人,而首开用词悼亡之先河,且最著名者,非苏轼莫属。苏轼的这首缅怀亡妻王弗的悼亡词《江城子·乙卯正月二十日夜记梦》,与前人相比,艺术表现还另具特色:词名"记梦",只有下阕五句是在记梦境,其他都是抒胸臆,因而现实与梦境是交织的。

《江城子·乙卯正月二十日夜记梦》,感动了从古到今多少人,也因此,青神县被人们记住。

当然,青神出名不仅因为此词,还因良好的生态留名。

岷江流过广袤的川西平原,进入青神县汉阳坝与乐山接壤之处时,形成了平羌小三峡。《蜀中名胜记》说:"蜀江至此,始有峡之称。"

平羌小三峡,在汉代称熊耳峡,北魏郦道元在《水经注》中记:"江水又东南经南安县西,有熊耳峡,连山竞险,接岭争高。"南安是汉代乐山的县名,彼时熊耳峡为南安县属地。

到唐代时,熊耳峡又被称为外江三峡,杜甫的诗《寄岑嘉州(州据蜀江外)》中亦有书写:"外江三峡且相接,斗酒新诗终日疏。"

而平羌小三峡的来历,缘于古人把从小三峡至乐山城东这段四十多里的岷江叫作平羌江,因为隋唐时期曾在江岸边设立过平羌县城,故江因地而名。

平羌小三峡下游出口附近,从唐代始便设有水上驿站,且名清溪驿,宋代则更名为平羌驿。李白《峨眉山月歌》中"峨眉山月半轮秋,影入平羌江水流。夜发清溪向三峡,思君不见下渝州",以及陆游《离嘉州宿平羌》中"初挈囊衣宿水村,萧然一扫旧巢痕。本来信手忘工拙,却为无心少怨恩。自笑远游谙马上,已营小筑老云根。淡烟疏雨平羌路,便恐从今入梦魂",都有关于此地的记载。

平羌小三峡若风景不美,生态不好,何来"淡烟疏雨"? 也是难以触发诗人们的灵感的。

青神不仅有平羌小三峡,还有生态上佳的中岩寺风景区。

千古中岩,钟灵毓秀,人文荟萃。苏东坡年轻时曾经在此读过书,并与王弗相恋,留下许多美好传说。宋时,范成大游历此处,誉之"西川林泉最佳处";陆游到此一游,则赞其"川南第一山"。

光绪版《青神县志》描绘其至美风景为"水月楼翼然江上,游者多登临眺览,饮酒赋诗,最可爱者,天空水底,月印波心,翠竹穿溪,流泉响石,诚邑中佳景也"。

明熊相《中岩记》亦书,"登临水月楼,时白露横江,水天一色,峨嵋诸峰,近若几案,心目觉怡旷"。

古之眉州及今之眉山,还管辖丹棱。

丹棱名字生疏,但言及"难登大雅之堂"则妇孺皆知。

何谓大雅?何谓大雅堂?

《大雅》乃《诗经》的组成部分。旧训雅为正,谓诗歌之正声。大雅亦指德高而有大才之人,《文选·班固〈西都赋〉》便云:"又有承明、金马、著作之庭,大雅宏达,于兹为群。元元本本,殚见洽闻,启发篇章,校理秘文。"说西都有承明殿和金马门,是词臣著作之庭,才德高尚之士、学问渊博之人,常在这里结队成群。他们对学术能够穷源溯本,他们博见广闻,能够透辟地阐发典籍,能够精确地校理秘文。大雅还指高尚雅正……

故此,雅为正,大雅为大正,大雅即为正源。

与雅相对的则是俗,如东坡所言,"人瘦尚可肥,士俗不可医"。

由是,大雅集聚之堂,是为大雅堂。

名为"大雅堂"的建筑不少,但古迹不多,成都杜甫草堂中的大雅堂算得一处。但最早的大雅堂,则在丹棱县。该大雅堂建于北宋元符三年(1100),系南宋史学家李焘的岳祖父、丹棱名士杨素为实现黄庭坚弘扬杜甫两川夔峡诗的心愿而建,其名亦为黄庭坚所取。

不仅如此,黄庭坚还亲手书写匾额,创作《大雅堂记》:"丹棱杨素翁,英伟人也。其在州闾乡党有侠气,不少假借人,然以礼义不以财力称长雄也。闻余欲尽书杜子美两川夔峡诸诗,刻石藏蜀中好文喜事之家。素翁粲然向余请从事焉;又欲作高屋广楹庇此石,因请名焉。余名之曰'大雅堂',而告之曰:由杜子美来四百余年,斯文委地,文章之士随世所能,杰出时辈,未有升子美之堂者,况室家之好耶!"

同时,黄庭坚也强调,"子美诗妙处乃在无意于文,夫无意而意已至",即杜诗的精妙之处乃在顺其自然,随心所欲,且出神入化。因此,如果学子进入大雅堂,感悟诗歌创作的正当门道,定会事半功倍。

为文追求肃正,对环境的呵护,岂非如此?

生态是人类赖以生存的环境,是指生物在一定的自然环境下生存和发展的状态,也就是说没有生态也便不存在生存。所谓"丹黄成叶,翠阴如黛。佳人采掇,动容生态。"这句话虽然出自简文帝《筝赋》,但是我觉得用来形容眉山的生态,至为恰当。

天赋自然的原生环境,是从历史的角度、时间的角度来体现美好的。美好的东西最容易被人吟诵,因而,在我们最为推崇的文学作品中,生态文学占据着重要位置。尤其是诗歌及散文,常能美及骨髓。

山水田园,皆为我们的视觉与味觉的盛宴。无论是南北朝的谢灵运、晋代的陶渊明,还是唐代的王维、孟浩然,宋代的杨万里、苏东坡,他们描写自然风光、农村景物的诗,都隽永优美、恬静淡雅、清丽洗练、美不胜收。

而散文,则有陶渊明的《桃花源记》、柳宗元的《小石潭记》、欧阳修的《醉翁亭记》、苏东坡的《赤壁赋》《后赤壁赋》《石钟山记》……这些书写生态的旷世美文,都被后学追捧,且广为传诵。

不敢说生态文学是最好的文学,但敢说生态文学是世不二出的大雅文学。

文学大雅,方能登大雅之堂,被人赞誉。其实,良好生态,自然山水,非"虽千万人,吾往矣",更非"虽九死其犹未悔",而如佳文灿若云霞,不爱者何?当为大雅!

文学引领,生态怡人。由斯感叹,眉山"千载诗书城,人文第一州",亦无愧大雅!

——原发2020年12月20日《中国环境报》

在希望的田野上

汽车穿过秋天空气清新的田野,一片丰饶织成的风景铺陈在视野之内,一路前行皆如在花园中穿行,这就是温江的意境。

我住在成都锦江区,离温江其实不远,坐地铁仅需一个小时。但说来惭愧,我已经有 20 年没有到过温江了,再次踏上温江的土地,亲切感依旧。

沿路,美女董雪芳一边开车,一边向坐在轿车后排的我简略地介绍眼前出将天上锦绣又入相人间烟火的景物。

温江不是一条大江,却如春天流淌,暖意于心。

温江,是一片不一样的神圣的土地。

温江,一直就是风景,从古到今,在川人的情感世界里,在我的灵魂深处。

喜欢诗仙李白诗歌的人,大都读过其代表作《蜀道难》,读过诗中的"蚕丛及鱼凫,开国何茫然"两句。

"蚕丛及鱼凫"是什么意思?

古蜀漫漫,先后经历了蚕丛、柏灌、鱼凫、杜宇、开明五代蜀王。"蜀之为国,肇自人皇,其始蚕丛。"蚕丛为第一代蜀王,他"始居岷山石室中","衣青衣,教民蚕桑",后又率族人逐水而下,迁徙到成都平原,并建都于广都"瞿上"(今成都市双流县)。

古籍载,蚕丛、柏灌时代的蜀人过着以采集经济为主的生活;鱼凫"教民捕鱼",过着以渔猎经济为主的生活;杜宇则"教民务农",使古蜀国进入农耕时代……就这样经过先民几千年的开拓,蜀地遂成为"水旱从人,不知饥馑"的天府之国。

鱼凫氏是古蜀国五代蜀王中继蚕丛、柏灌之后的第三个氏族,而鱼凫王朝的肇兴,则在温江这片肥沃的土地上,建都于今温江区万春、柳城一带。

除此以外,温江区西北寿安镇境内的八卦山、大墓山,相传为蜀国柏灌王墓和鱼凫王墓。

4000多年前,古蜀先民就在温江这片土地上繁衍生息,建立王朝。

行走在温江的大地上,我闲语无多,盖因脑海中不时闪现"勤祖先之所贻兮,勉汲汲于前修之言"的警示,也有"虽举足以蹈道兮,哀与我者为谁"的感怀。

当然,温江并非简单地停滞在悠远历史的牌坊和古今敬仰的神龛之上,而是一直在潺潺向前。

温江,和煦地濡染着时光,润泽着芸芸物象。今天,在颂扬堆砌的史籍之上,温江在已经成为令人艳羡的聚宝盆之时,优雅与奋进,依然被视为幸福的圭臬。

董美女说,今天要去的,是岷江书院。

岷江书院在温江区寿安镇岷江村。

书院里陈列着傲然巴蜀文明的光影流脉,从古蜀源头顺流而下,有蚕丛、柏灌、鱼凫,有扬雄、司马相如、杨慎……耀眼的星光,刺得人心跳腾跃。书院里也有传统书院规制的先师堂、藏书阁、山长室、讲堂、食舍、客舍……又令人向往。

在岷江书院东坡亭,温江区文联常务副主席周萍对我说,前不久陈晓光坐在这里,回溯自己的艺术人生时,感慨良多。创作过《那就是我》《采蘑菇的小姑娘》《我像雪花天上来》《在中国大地上》等十分流行的歌曲的歌词的他,最成功作品的灵感,竟来自温江。

我们的家乡,

在希望的田野上。

炊烟在新建的住房上飘荡,

小河在美丽的村庄旁流淌。

一片冬麦,(那个)一片高粱,

十里(哟)荷塘,十里果香。

……

对,就是这首《在希望的田野上》,一经诞生,便在山海之间激荡,令中国脉动,世界侧颜。

陈晓光,笔名晓光,著名词作家、诗人,文化部前副部长、中国文联前副主席,曾发表诗歌近千首,出版了《黄河上的太阳——晓光词作歌曲选集》《晓光歌诗选集》《心归何处》《文化是源远流长的河——晓光文艺谠言录》等著作。在他创作的无数作品中,《在希望的田野上》无疑最为著名。这篇作品不仅记录了刚刚进行农村改革时蓬勃成长充满新气象的中国的真实面貌,也为祖国大地描摹出了一片令人振奋的蓝图,更提振了千百年来一直站在农业上繁衍发展的中华儿女对未来命运的信心。

这个作品,还跟《那就是我》一起,被选入联合国教科文组织亚太地区音乐教材。

虽然时间过去了这么久,但往事历历,涟漪无限,仿佛就在眼前。

那是1980年,时任《歌曲》杂志编辑的陈晓光,应中央电视台导演邓在军之邀,为一部农村题材的专题片写首歌。感受到我国在改革开放政策推动之下正在发生春回大地般人心回暖的变化,心情激动的他也很想创作一首这方面的歌,以反映时代的脉象。想到安徽和四川为落实联产承包责任制的先驱,为了寻找灵感,他到了四川,走访了成都、眉山、乐山等许多地方,最后在温江农村驻留,体验生活,感受大地诗篇,书写殊胜乡村。

温江,这个地名多有内涵,其中一种说法为明代《郡县释名》记述:成都府温江县"总志云以江水温润也。予过温江,询之父老,云温江发源于岷山,至灌口,水在山谷中,其气寒,至温江而气暖,故云温江,其说近是"。

"春江水暖鸭先知",字面解读,暖暖的江,有温度的江,也便是温江了。而温江是鱼凫国故都所在,"凫"的解释之一为野鸭,自然也便有感知温度变化的传统。

在温江万春镇和林村,陈晓光既感受到了古蜀鱼凫文化跳动的脉搏,也感受到了"林晚鸟雀噪,田秋稼穑黄""畎亩人无惰,田庐岁不空"的勃勃生机。

这是一幅令人振奋的乡村图景。

漫步在和林村深秋的田坎上,陈晓光看到一户户人家都在收割水稻。他走到几个正在忙碌着的人面前,大声问道:"老乡,现在生活过好了？温饱问题解决了？"

"是啊,现在的生活安逸,吃得饱饭了,我们农民的生活有希望了!"一个30多岁的男人停下手中的活儿,满面笑容地回答。

"希望",多么甜美的词儿! 这个"希望"不是祈祷,而是充满力量的信心,并且是用发自肺腑的感触来表达的。

这样的笑容,如春花的芬芳,一直将陈晓光包围。

这不是一朵花绽放的芳香,而是整个春天环境的馥郁。陈晓光所到的农村都是这样的气息,尤其是在温江的土地上。

沐浴在改革开放春风下的温江,农民脸上荡漾着笑容,内心充盈着幸福。在陈晓光眼中这是一片希望蓬勃生长的田野,这一幅幅有生命的奋进的图卷,使他文思如泉涌。他激动满怀地拿起笔来,在三个小时之内,创作了一首其表欢快欣悦,其里闳妙浩荡的歌词,这便是《在希望的田野上》。

歌词写好后,他将之交给了著名作曲家——生于四川重庆的施光南。对巴山蜀水饱有情怀的施光南读了歌词后,也被打动了,同样饱含着对农村新面貌的热爱和对新时代的期待的他,激情四溢地也只用了几个小时就完成了谱曲工作。

此歌运用了民歌、戏曲、梆子腔以及打击乐等音乐元素,充分反映觉醒的中国农村的气象,歌唱神州即将到来的腾飞。

歌曲谱成后,施光南郑重地将其寄还给陈晓光,并附上一封长信说明自己的创作想法与艺术理解。陈晓光看过曲谱后,感到歌曲不仅词情曲意相得益彰,还升华了作品内涵。

音乐是记录时代的重要方式之一。很快,这首词意清新澄澈、旋律欢快优美的歌便流行开来,先是成了年代金曲,继而成了时代经典。

温江激发了陈晓光的才华,成就了他最经典的作品,因而他对温江便充满着深厚的感情。

近日,陈晓光再访温江。复踏履齿,重温往事,时光往返,今昔对比,又有撼动。

当年,他在温江采风时,田畴阡陌尚是泥路,晴天行走红尘滚滚,雨天行走泥淤湿鞋;而今却是平坦顺直的柏油马路,无论晴雨,漫步其上皆脚步如风,清爽如许。当年的温江,"禾苗在农民的汗水里抽穗""一片冬麦,一片高粱""十里荷塘,十里果香";而今的温江,被汗水浇灌的禾苗依然在阳光中"抽穗",播种后,"冬麦高粱"的景观犹在,荷塘果香飘荡弥漫始终迷人,更多了美丽的盆景和丰沃的财富。

温江既有历史的幽芳,也有时代的芳华。

当年,陈晓光看到温江人家几乎都掩映在竹林深处,大有李白"绿竹入幽径,青萝拂行衣"的意境,因而他除了创作《在希望的田野上》这首歌的歌词之外,还创作了《竹林小院我的家》的歌词。这其实是他在温江创作的第一个作品,其意隽美,风情宛然。

那之后,"在希望的田野上"的温江,在绣满四千多年春秋华彩的土地上,在继续稼穑的基础之上,又经历了花卉苗木的栽培、川派盆景的制售、田园雅居的营建……温江人用勤劳的双手,在时代的河流中不断地编织希望,让温江成了花木之乡、盆景之乡、文化之乡,使温江永葆魅力。

重游温江,陈晓光参观了北林绿道生态旅游环线,感受了鲁家滩的小桥流水,品赏了川派盆景及温江花木走出国门的风采……

而在万春镇和林村,陈晓光看到,这片诞生了《在希望的田野上》的歌词的神奇土地,依然保留着一定的土地以及传统大田的种植方式,但在此之上有了更时代、更艺术的气息。新型农民们将庄稼种植与观光农业结合在一起,并与之配套修建了青瓦白墙、卫生整洁的农家小院,以赏"百花酣而白昼眩,青苹动而林阴合"的美丽田园风光。

曾经,温江是四川省第一个小康县、农业强县;今天,温江又成了国际国内知名的花园城市、成都健康产业功能区、创建国家级农高区的核心区、国家生态文明建设示范区、联合国杰出绿色生态城市、国际生态宜居典范城市。

身处温江田野,陈晓光感触最深的依然是人们脸上的笑容。当然,同样是笑容,今日温江人的笑容与30多年前温江人的笑容,形容相似,内质迥异。

彼时,温江村民的笑容是对物质生活水平提高后的莞然,而今天,温江村民脸上的笑容,则是因享受着富足的物质、丰富的文化而荡漾的情感。

周萍是土生土长的温江人,说到这片有温度的土地,她抑制不住由衷地自豪。

而董雪芳是雅安人,偶然的原因到温江后,从村干部做起的她越来越热爱这片土地,并在此扎下根来,成了新的温江人。她说,她曾在好几个地方工作和生活过,但是让她最感幸福的地方是温江。温江真是一片希望的田野,过去是,现在是,未来更是。

温江,确实是一片充满希望的土地,而今日中国,又何尝不是如此?

——原发2021年12月24日《光明日报》

锦城花满

这是一座从古至今一直距离春天最近的城市。

从森林城市到花园城市,再到公园城市,是逐梦之地,是圆梦之地,更是福祉之地。

这座城市,便是成都。

每座城市都有公园。

只有城市中的公园特色殊异,才会如明珠灼灼,令人心生向往。

但成都本身就是一座大公园,甚至是一座存在于大公园之中的城市。

穿过历史的通道,别有洞天。苍松翠柏,小桥流水,雀鸟啁啾,竹枝摇曳,疏影横斜,明暗婆娑……幽静之中有许多娴雅,傲岸也不失温暖。

自从人类在成都留下第一个脚印开始,已然历时约4500年。

3000年前,古蜀文明在这片土地出现,那时的人们崇拜光芒万丈的太阳和自由飞翔的鸟儿。2001年在城西一个叫金沙村的地方,出土了一块外径12.5厘米、厚0.02厘米的金箔,充分证明了这一点。这块金箔,也最终成为成都的城市标志——太阳神鸟,以及中国文化遗产标志。

太阳崇拜是早期人类文明的共性,世界五大古代文明均是如此。太阳崇拜与自然崇拜,是古蜀人最朴素灿烂的追求和最本真的环保意识。

成都是一座位于盆地的城市,平均海拔500米,境内有海拔5353米的大雪塘,有主峰海拔5040米的巴郎山,有最高海拔2434米的青城山……站在太空俯瞰,成都俨然一个巨大的天然盆景,风景秀逸,魅力四射,美不胜收。

公元前256年的战国时期,蜀郡守李冰与儿子李二郎率众修筑都江堰,自此成都水旱从人,商贾繁荣,文脉丰盈,风雅闲适……

> 九天开出一成都,
> 万户千门入画图。
> 草树云山如锦绣,
> 秦川得及此间无。

漫漫的历史长河中,锦城丝管演奏出了华夏数一数二的繁荣昌盛;隽永蜀锦编织出了花重锦官的芬芳美景;水旱从人构建了华润天下的世界城郭;国宝熊猫则让成都生态扬名天涯海角……

成都之美,有多少华章倾慕,英逸之景,被绵绵吟唱。

唐开元八年(720),时年19岁才华横溢的李白慕成都的钟灵清芬,从江油出发,漂至成都,意气风发,挥斥方遒,流连街巷,水湄宴饮,极诗酒之趣,文字激扬,醉卧风流,留下了著名诗作《登锦城散花楼》:

日照锦城头,朝光散花楼。

金窗夹绣户,珠箔悬银钩。

飞梯绿云中,极目散我忧。

暮雨向三峡,春江绕双流。

今来一登望,如上九天游。

整首诗歌酣畅淋漓,仙气飘逸。

成都是一座血液里源远流长地奔涌着鲜花基因的城市,是中国最早、最有名的被鲜花簇拥,芬芳留名的城市。

公元760年的春天,为避安史之乱而逃出长安的唐朝落魄诗人杜甫,带着面黄肌瘦的家小,颠沛流离地来到成都西郊浣花溪畔。虽然杜甫如惊弓之鸟,且穷困潦倒,但成都的善良、包容,像无声润物的春雨,膏泽了他干涸的心田,被感动了的诗人于是开启了对成都连绵不绝赞美的模式:

好雨知时节,当春乃发生。

随风潜入夜,润物细无声。

野径云俱黑,江船火独明。

晓看红湿处,花重锦官城。

既为连绵不绝,这首《春夜喜雨》,当然只为杜甫成都赞美诗中之一。

外面的世界动荡不堪,而成都却宁静祥和,客居成都颠沛颓靡的杜甫,很快被成都的温暖安慰,日常生活也变得恬适起来。

锦江水畔,春风浩荡;独步寻花,意气闲逸……成都花舞人间的陶然风景,计杜甫在客居成都的四年时间里,写下了《成都府》《江畔独步寻花·其六》《蜀相》《登楼》《赠花卿》等271首诗,成就了他诗圣的地位。

唐代著名诗人刘禹锡诗歌中的成都,也是鲜花满地,春风四溢的:

濯锦江边两岸花,

春风吹浪正淘沙。

女郎剪下鸳鸯锦,

将向中流匹晚霞。

少女江中濯锦,江岸鲜花绽放。锦缎、少女、晚霞,孰不若花?

王维笔下的成都,简直是神仙居所:

大罗天上神仙客,

濯锦江头花柳春。

不为碧鸡称使者,

唯令白鹤报乡人。

花间词派代表人物韦庄的《河传·春晚》一词,也写出了春天成都之醉美:

春晚,风暖。锦城花满,狂杀游人。

玉鞭金勒,寻胜驰骤轻尘,惜良晨。

翠娥争劝临邛酒,纤纤手,拂面垂丝柳。

归时烟里,钟鼓正是黄昏,暗销魂。

成都,甚至名字里都嵌着花的成分。

成都,又名蓉城。此名源起五代后蜀主孟昶为博皇妃花蕊夫人一笑,在城墙上遍植芙蓉,"九月间盛开,望之皆如锦绣"。

成都人栽花种木的传统,一直延续、传承,如血脉流淌。

文化是最美丽的花,不仅能在脸上绽放,更能明媚内心。

书写成都的古代文人墨客,哪止李白、杜甫、刘禹锡、王维、韦庄？还有王勃、杨炯、卢照邻、骆宾王、崔颢、孟浩然、李商隐、陆游、柳永……

据统计,仅《全唐诗》中描写成都的诗歌便有近千首,写过成都的诗人有近两百人,几乎所有的唐代著名诗人必到成都,也必写成都。

历代名人为何对成都如此深爱？原因很简单:从灿烂辉煌的古蜀文明,到"列备五都""扬一益二",成都从来就是令人向往的地方。

在古代,成都创造了多个令世界瞩目的成就:是古代南方丝绸之路的起点,发明了世界上最早的纸币——交子,是世界海拔落差最大的特大城市,有世界上历史最久的水利工程……

古诗词中的成都,"锦""清""青""香""幽""碧""醉""喜""芳""美"……这些关键词都是书写成都优美的生存环境与自然环境的,也是成都的公园基因,生态特质。

岁月流淌,时光清浅,一代又一代人生生不息,成都却一直没变——没变城址,没变城名,没变得天独厚的如画风物,没变贯穿古今的雅淡温柔。

从古到今,成都的城市生态皆是"无园不文、因景成诗、因诗成景"。

成都平原,河流纵横,润泽了千年风物。

城内水生桥、桥连水,如同水墨画卷。

"长似江南好风景,画船来去碧波中。"

花蕊夫人的诗,实写了成都的水乡风貌。

蓝天是人类梦的港湾。

深邃的思想总爱在蓝天里飞翔,蓝天却真切地在碧水里荡漾。

成都,是四川盆地一座人烟升腾而又仙气缭绕的城市。当蓝天白云在数千年的城市建设中成为常态背景,当富庶丰饶的土地成为城市居民取之不竭的物质源泉,生活,也便成了令人羡慕的幸福的样子。

雨后初晴的傍晚,一马平川的城市被夕阳下遥远的群山环抱,金黄、雪白,夕雾微蓝,轻云出岫,美如画卷。

成都,还是世界上唯一一座能在市区观测到 7000 米级雪山的特大城市。

贡嘎山,海拔 7556 米,被誉为"蜀山之王",云蒸霞蔚,金光笼罩,是清澈视界里从成都高楼西望,最美丽的大幕般的风景。

除此之外,视野之内,这座城市还有海拔 6618 米的爱德嘉峰,有"蜀山皇后"之称的海拔 6247.8 米的幺妹峰,有海拔 6070 米的田海子山,有海拔 3666 米的牛背山,有"成都第一峰"之称海拔 5353 米的大雪塘,有主峰海拔 5040 米的巴郎山……

森林城市、生态城市、花园城市……成都,时光漫漶,生态千载,今日风华不减。

良好的天气条件下,在成都远眺雪山已不是难事。

雨过天晴,人们习惯于眺望视野之内的万年雪山,享受别具一格的时间画卷,这也是成都别具一格的美丽天赋。

这座远离寒冷的城市里,有一群雪山摄影爱好者。这些摄影爱好者镜头里的万年雪山,因为天赋丽质,画面融合了城市风貌,层次十分丰富。

虽然生活在成都的人对雪山美景早已见惯不惊,但是外地人来成都目睹此奇丽景观,往往大为惊叹。

2020年8月的一天,雨过天晴的成都所展现出的圣洁的雪山画卷,就迷倒了《中国国家地理》杂志执行总编辑单之蔷。那天,除了拍摄很多照片之外,他还情不自禁地发微博抒发心中的感叹:

今天成都展示了一个世界级的雪山城市的最佳形象;

今天成都的雪山群一举颠覆了成都"蜀犬吠日"的城市天气的形象;

今天成都展示了无与伦比的天际线……

试问这样浩浩荡荡长达千里、最高点达6000多米的雪峰天际线,全世界哪个城市还有?

没有。

只有成都。

在单之蔷眼中,西边横向展开延绵数百公里的群山,仿佛是"天赐的巨幕",令成都独得天宠。

其实,杜甫的诗,早已写过成都这非同凡响的瑰丽。

> 两个黄鹂鸣翠柳,
> 一行白鹭上青天。
> 窗含西岭千秋雪,
> 门泊东吴万里船。

成都,就这样存在于天造地设的大自然公园之中。

公园,绿树成荫,繁花似锦,亭台楼阁,小桥流水……自然是热爱奔涌的目标。

"我与成都结缘很偶然,但似乎又很必然。"

玛丽亚说这话时,语调深情,充满着对曾经发生的故事的浪漫回味,一脸幸福。

这是成都8月的一天午后,大地被骄阳炙烤,无风而又闷热。

我与她对坐于武侯区一家有名的咖啡店里,舒缓的班德瑞山林音乐和空调吹出的凉爽的风,将炎热和喧闹隔离在外。

我一边啜饮着柠檬味儿饮料,一边听她向我讲述自己与美丽的成都有关的过往故事。咖啡蒸腾的白色雾气,让宁静恬然的她也散发出馥郁绵延的味道。

玛丽亚很漂亮,五官精致,皮肤白皙,乌黑的头发秀逸,长长的睫毛下淡蓝色的眼睛,像宝石一般散发着魅力……让我联想到意大利电影明星莫妮卡·贝鲁奇。

"那么,你所说的偶然是什么?必然又是什么?"

玛丽亚的普通话说得还算可以,至少我能听得懂。她也能听懂我说的话,川味普通话,甚至成都话。所以,我们之间的交流,像老朋友一般。

玛丽亚是一位举止淑雅的意大利美女。她于2017年8月下旬的一天,认识了一位到威尼斯旅游的名叫谢宇航的成都帅哥,并狂热地爱上了他,最后追随着他来到成都。

"我第一次踏上成都的土地是2018年5月1日。"

玛丽亚说,她到达成都时是晚上,所以真正地感受成都是从第二天早上开始的。

春色浓郁的成都是这么好,早晨清新潮湿的空气里,有一种令人心扉全开的美丽少女清芬的味道在微风里飘荡,这是栀子花的香味。这看似不经意的纯洁的绽放,却经历了长久的努力与坚持,温馨、脱俗的芬芳下更蕴含着美丽、坚韧和醇厚的爱。

透明橙金的阳光中,一种鲜嫩而翠绿的气息从大地表层冉冉升腾,那是季春的绿色植被在经历夜雨润泽之后迎来热烈阳光而散发的蓬勃向上的朝气,湿漉漉、甜丝丝的,清新而又沁人心脾,仿佛肺腑都随之灿烂起来。

还有川菜美食的味道,也是那么令人沉醉。因为人世间,唯有爱与美食不可辜负。这座城市对她来说,既有爱,更有美食,这该是天下最完美的地方了。

成都是一座有着别致的花园格局、一直在春天里行进的城市,娴雅,静适,陶陶款款。

成都人又是那么乐观、包容、善良、热情……这是成都留给玛丽亚的印象。

美国人乔纳森不仅爱成都,还称自己是成都人。

"我去过中国的很多城市,独成都魅力无限,生活在成都的快乐是五星级的,所以我最爱成都。"

乔纳森与成都结缘的时间比玛丽亚结缘成都的时间,要早20年。

1997年冬,还是美国西雅图太平洋路德大学大三学生的乔纳森,以交换生的身份来到四川大学,来到成都,感受到美丽的风景、丰富的美食、包容的氛围、休闲的节奏……这一来,他便扎下了根。

美国南加州的斯科特·施雷德第一次来成都是2009年。因小时候看过《三国演义》,从而对成都充满着好奇,他到成都旅游的重要原因,便是想看看《三国演义》中的成都。

他惊喜地发现,成都虽然很现代化,却保留着三国时期的历史痕迹。都江堰、武侯祠、杜甫草堂、青城山、金沙遗址、大熊猫繁育研究基地……成都吸引人的地方太多。走向成都,他觉得一日不见,如隔三生;拥抱成都,又觉得三生未见,终因一日。

没有一个朋友的陌生的成都,让斯科特·施雷德有了回家的感觉。成都,他曾用无数次的想象换来与之亲近的热烈拥抱;成都,他愿用一年又一年的努力,刻上不舍热爱的烙印。

出生于西班牙瓦伦西亚的莫拉雷斯,在很小的时候,就因看过《西游记》,而对中国产生了好奇。2011年4月,一个偶然的机会,他到成都之后,便决定到成都工作,学建筑设计的他,想为魅力四射的成都的城市建设锦上添花。

关于成都的好,中国工程院院士、世界级大气污染控制理论与技术的权威专家、清华大学环境学院院长贺克斌,比别人感受更深一些。虽然工作和生活在北京,但是身为成都人的他,灵魂深处是喜欢成都的。成都的云卷云舒、花开花落、阴晴圆缺、季节变换,都成为他充沛情感的重要成分。

上海同济规划院城市设计研究院常务副院长匡晓明不是成都人,但结缘成都三年有余,也深深地爱上了这座美丽的历史名城。

城市,是人类文明的结晶和集中的载体。

城市,也是大自然生态滋养的特殊生命。

人类自公元前5000年左右在两河流域创造最早的城市起,便一直行进在求索最理想存在方式的路上,也一直行进在追求宜居生态匹配度的路上。说实质一点,便是探求人居与环境的最美满的结合方式。通俗地讲,便是求知城市居民与公园环境的耦合度。

在中国，2000多年前，以孔子为代表的儒家，追求的最高境界是"天下大同"的人居环境。"天下大同"，是天道精神的高度体现，是人类生存状态的极致追求，是社会形态的最高境界，是人居环境的终极目标。

古希腊哲学家柏拉图心中的理想之城，也是西方文化中最早的幸福城市的蓝图，极大地影响了西方世界的城市规划。

美好的生活图景，一直是人类不辍追求的目标，更佳的生存环境则是美好生活图景的重要组成部分。因此，古今中外，无论乌托邦、理想国，还是田园都市、生态城市，城市的最佳存在形式一直在改进。

孔子在理论上对"大同"颇有建树，而早于孔子的管子，还提出"凡立国都，非于大山之下，必于广川之上。高毋近旱而水用足，下毋近水而沟防省"。这个建城法则，一直影响着后世。

儒家经典《周礼》，则是世界上最早考虑城市环境和生态结构的著作，其建城精髓涵盖环境容量、土地改良，以及水源、物产、动植物、工程地质等自然地理条件，对我国古代的建城规制影响甚大。无论东都洛阳、北魏洛阳，还是唐长安、元大都、明清北京，都遵循此建城模式。

人类社会经历过三次城市化浪潮，我国城市化建设也有过三次城市化浪潮。

我国第一次城市化浪潮发生在春秋战国时期，第二次城市化浪潮发生在宋代，第三次城市化浪潮发生在改革开放以后。有意思的是,在城市化建设的三次浪潮中,成都每一次都走在了很多城市的前面。

原因只在于成都自古以来的生态天资,和天造地设的大自然公园般的环境的荫蔽。

因为城市的存在,就必然有生态的需求,就得考虑大环境的山、林、川、泽、丘、陵、坟、衍、原、隰,以及小环境的公园缩微山水林草。

因为,城市追求的无论是"天下大同"还是"理想之城",都离不开自然环境。自然环境是物质的根基,是生命的依托,是健康的保障,是幸福的源泉。

由是,成都之美,是多少人梦想的彼岸。

春的气息弥漫这座城市的每一个角落,温湿祥和的环境适宜百花盛开,令人沉醉的芳菲,自然吸引蜜蜂翩翩而来。

大自然绝对原生态的风景是诱人的,但成都的生态,还根植于几千年的文化,这如同鲜艳的花朵里,盛着甜人至心的蜜。

成都公园传统的绿色生态所蕴含的人与自然、社会、城市之间的内涵,魅力四射,磁石般地吸引着美国人乔纳森,并让他大受裨益。

乔纳森从大学毕业,并在成都安居下来之后,用一年的时间,专心地学四川话,学中国文化。他选择的学习场地不是大学,不是中学,而是成都市内的一些公园、茶馆。

不少颐养天年的成都老人,喜欢到公园或茶馆喝茶聊天,他觉得在这种氛围里学四川话、学中国文化是最好的了。

在活学活用四川话的过程中,乔纳森不仅口语能力大有进步,还获知了天文、地理、人文、市井、生活等多方面的知识。

生活在成都的这些年里,乔纳森每年都会回美国住一两个月,看望父母,会会朋友,但是每次回到美国的他,都觉得自己的家并不在西雅图,而是在成都。

乔纳森说成都是他的幸运之城,因为有一次,喜欢吃辣椒的他去参加一个名为"辣王争霸赛"的比赛,一路过关斩将,竟进入总决赛,成了"辣椒王子"。他跟他给自己所取的中文名字"江喃",便在一夜之间名扬天下。

自此,他成了电视台的主持人、节目嘉宾、形象代言人,又因经常向世界宣传中国,宣传成都,俨然成为中美民间文化交流的使者。

拥抱爱恋,当如幸福原乡。第一次成都之行之后,热爱成都的意大利美女玛丽亚,为了让自己成为一个真正的成都人,她嫁给了成都人谢宇航。

面对天天都在蝶变的成都,玛丽亚并不满足仅仅成为一个普通的见证者、享受者,而想成为一个参与者。如今,她经常拍一些自己在成都生活的短视频,或与成都有关的风光片,向世界宣传,成了宣传成都的民间大使,成了中国与意大利文化交流的桥梁。同时,她也成了成都电视台的出镜嘉宾,还给自己取了一个"梅梅"的中文名字。

沿着时间的河流上行,我们能轻易地发现,古代的"蓉漂"族中,名贤咸集,青史留名者甚多,有问鼎王位的开明氏、杜宇,有中国历史上第一个兴办地方官学的文翁,有以超人智慧促天下三分,中国古代杰出的政治家、军事家诸葛亮,有用"浣花溪的水,木芙蓉的皮,芙蓉花的汁"制得雅笺的女诗人薛涛……他们人生的辉煌,都是在成都实现的。

成都,多少"蓉漂"曾为它那超乎寻常的美丽和名扬天下的特质贡献过汗水与心血。

战国时期著名纵横家、外交家和谋略家张仪任蜀郡守时,于公元311年,按照秦首都咸阳的建制修筑了新的成都城,城周12里,高7丈,城内分为大城和少城两部分,"二城并列"的格局承续了2000多年。

张仪筑城后六十年,秦昭王末年,蜀郡太守李冰父子在前人鳖灵开凿的基础上,组织修建了大型水利工程都江堰。这座令后世叹服的伟大工程,2000多年来一直发挥着防洪灌溉的作用,使成都平原成为"水旱从人,不知饥馑"的沃野千里的天府之国,纵横阡陌的田原深处,人烟阜盛,幸福荡漾,绵延至今。

公元876年,西川节度使、幽州(今北京市)人高骈,组织改道郫江,使检江和郫江二江"双过郡下",延续千余年的成都,变成了"二江抱城"、溪水穿城的成都。

邢州龙冈县(今河北邢台)人孟知祥开国后蜀,大兴城建,使成都得到很好的发展。

宋时,繁华成都被誉"扬一益二",无奈宋金之战,毁坏殆尽。这一颓败格局直到明朝开国元勋、江苏盱眙人李文忠主政成都,才得以改变。

文化与历史是一座城市生生如春的命脉,穿梭在成都的街头巷尾,如同在时空中旅行,让人由敬而仰,更爱。

因为热爱成都,著名城市设计师、西班牙人莫拉雷斯远涉重洋来到成都,注册了自己的公司,并积极参与成都一些工程的招投标,顺利地通过公平竞争拿下了一些项目,并结合中国传统文化、现代科技、时尚生活,融会公园生态、绿色城市、新体验元素进行设计。

在成都,每条路都连接未来,每个梦都始于足下。对未来,莫拉雷斯充满信心。

同样,美国人斯科特·施雷德也放弃了自己在美国的事业基础来到成都,积极参与成都城市的景观设计,奉献自己的智慧为成都锦上添花。

斯科特·施雷德也是一位著名的城市景观设计师,曾参与美国著名的哈得逊河公园和高线公园的设计。到中国后,他给自己取了一个中文名字——马清南。

在成都,马清南参与了不少城市项目的设计。总面积大约9.3平方公里的南天府公园,是他眼下正在参与设计的作品。

马清南擅长利用原土材料搭配植物创造出适合居住的环境,他设计的景观,能使市民愿意花更多的时间待在室外,以感受自然的氛围。

成都花园城市的数千年传统,是马清南寻找设计灵感的天然素材库;成都独特的气候条件,是马清南设计特色的存在基础;时尚、生态、人居、未来,是他设计的重要功能。

朋友问江喃:"中国有那么多城市,你为什么独选择在成都生活?"

江喃回答:"我虽去过中国很多城市,但成都是一座魅力四射的城市,生活在成都的快乐是五星级的,所以我最爱成都,所以我20多年来一直生活在成都,我也愿意为成都变得更好而添砖加瓦。"

一滴水的爱算不了什么,但无数个一滴水的爱,能汇成爱的海洋。

一朵花的美美不了环境,但无数个一朵花的美,会织就美丽的春天。

这便是传统。

这更是基因。

2017年4月,成都市确立建设全面体现新发展理念的国家中心城市的奋斗目标,做出建设创新驱动先导城市、城乡统筹示范城市、美丽中国典范城市、走向世界的现代化国际城市、和谐宜居生活城市,增强经济中心、科技中心、金融中心、文创中心、对外交往中心和国际综合交通通信枢纽支撑功能的总体部署,提出坚持"东进、南拓、西控、北改、中优"的十字方针,实现从"两山夹一城"到"一山连两翼"的城市格局蝶变,总体规划面积为14334平方公里。

这一年,匡晓明接过了成都天府新区总规划师的聘书,天府新区的规划从此翻开了崭新的一页:在继承这座城市千百年来钟情生态栽花种树传统的基础之上,从前沿道路发展的布局,转变成"沿河""沿绿"发展,使河湖等原本是城市点缀的生态绿地,成为能承载产业、能转换生态价值的绿色底色,用全新的形态去创造美好未来,到达城市生活梦想的彼岸。

而贺克斌,则接过了成都市大气复合污染研究和防控院士(专家)工作站的专家聘书,带领团队助力成都大气污染防控工作。他所做的,便是将这几个关键词细化,在天地间创作澄澈的画卷。

这是春天的故事,华艳春晖,既丽且姝。

2018年2月,"公园城市"理念在成都诞生,指出"要突出公园城市特点,把生态价值考虑进去,努力打造新的增长极,建设内陆开放经济高地"。

春潮涌动,暖意融融。

字字句句,既是对成都独特生态本底、丰厚文化底蕴的充分肯定,对高质量推动天府新区建设的殷切希望,也是对成都加快建设全面体现新发展理念城市的重大要求,更是为成都天府新区乃至成都描绘出美好的蓝图。

"公园城市"理念,是对人类社会发展规律、人与自然关系演进规律、城市文明发展规律的科学把握和深邃洞见,是继乌托邦、太阳城、理想城市、田园城市、花园城市、绿色城市等城市概念后全新、科学且高瞻远瞩的城市建设理念。

"公园城市"充分体现了中央对城市生态文明建设,以及对美好生活和幸福家园建设的高度重视,这无疑是城市发展的方向和人居幸福的诉求。因为"公园城市"理念,既体现了"生态文明"和"以人民为中心"的发展理念,也体现了我国推进城市化发展的模式和路径转变的理论创新和实践探索。

"公园城市",是"绿水青山就是金山银山"在城市层面的智慧运用,既是成都的理想,也是国家赋予成都的历史使命。

成都很幸运地成为公园城市"首提地",开启了公园城市建设的明确目标。这一个新的城市建设理念,也自此从成都走向全国,走向世界。

公园城市,并非在一座城市里建几个公园,而是在一个公园里建设一座城市。

人城景业的完美融会,既是逐梦之地,也是圆梦之地。

公园城市的美好图景,一定是人类未来可期的城市福祉!

有此岸的烟火,有彼岸的仙逸。岁月潺潺时光澄澈,美丽不变。

现实的阳光照耀山水之胜的成都,这座城市的未来,将会越来越美好,也将成为世界城市的春天。

——原载 2022 年 11 月 18 日《光明日报》